Tyttö joka ajatteli liikaa

Liisa Aarnio-Perruchot

Tyttö joka ajatteli liikaa

© 2018 Liisa Aarnio-Perruchot
Kustantaja: BoD—Books on Demand, Helsinki, Suomi
Valmistaja: BoD—Books on Demand, Norderstedt, Saksa
Kannessa: Kain Tapper, Tytön pää (1957)
Sisuksen taitto: Tom Backström
ISBN: 978-952-800-403-5

Vähitellen meidän muistiimme kertyy ketju epätarkkoja ilmauksia, joissa ei ole jäljellä mitään siitä mitä me todella koimme, ja siitä muodostuu meille ajattelu, elämä ja todellisuus; juuri tuota vaihetta jäljentää niin sanottu "eletyn elämän" taide, joka on yksinkertaista kuin elämä, vailla kauneutta, niin tylsä ja turhanaikainen toisinto siitä mitä silmämme näkevät ja järkemme toteaa, että siitä joutuu miettimään, mistä tuollaiselle työlle omistautunut löytää sen liikkeellepanevan iloisen kipinän, joka saattaa työn alkuun ja pitää sen käynnissä.

Todellisen taiteen suuruus, sen taiteen jota herra de Norpois olisi sanonut harrastelijan puuhasteluksi, sen sijaan edellyttää että me löydämme uudestaan sen todellisuuden, josta elämme kovin kaukana, havaitsemme sen uudestaan ja alamme taas ymmärtää sitä, todellisuuden josta erkanemme aina vain enemmän sitä mukaa kuin sovinnainen tietämys, jolla me korvaamme oikean elämyksen, kehittyy vahvemmaksi ja aukottomammaksi: sen todellisuuden jota tuntematta meidän on helppo kuolla mutta joka kaikessa yksinkertaisuudessaan on oma elämämme.

Todellinen elämä, vihdoinkin löytynyt ja selvitetty elämä, siksi se ainoa jota todella elämme, on kirjallisuus. Ja tässä mielessä elämä asustaa jokaisen ihmisen, ei vain taiteilijan sisimmässä. Mutta ihmiset eivät yleensä näe sitä, sillä he eivät yritä valottaa sitä. Ja niinpä heidän menneisyytensä on täynnä valokuvien negatiiveja, jotka pysyvät hyödyttöminä, koska niitä ei ole "kehitetty" ajattelemalla.

Marcel Proust
Kadonnutta aikaa etsimässä (10): Jälleen löydetty aika
suom. Annikki Suni

5

Prologi

Olin äitiä katsomassa Suomessa. Oli hyytävän kylmä toukokuu. Hytisin ranskalaisissa kevätvaatteissani, kun kompuroin joka aamu äidin tyhjäksi jättämästä yksiöstä mukulakivikatuja bussipysäkille, josta linja-auto vei sinne kaupungin viihtyisimpään vanhainkotiin. Lämpötila heilui kuuden ja seitsemän asteen välillä. Perillä hissi suhahti kolmanteen kerrokseen. Keskityin minuutin verran, vedin henkeä, ennen kuin astuin äidin valoisaan ja viihtyisään huoneeseen. Suuri ikkuna katsoi etelään, näköala oli puistoon, siellä täällä muutama oma huonekalu ja kodin haaksirikosta pelastettu taulu. Huonetta hallitsi selkää tukeva nojatuoli, johon hän siirtyi pyörätuolista joka iltapäivä pariksi tunniksi puhelimen viereen. Jos joku tyttäristä soitti, iltapäivä sai sisällön. Televisiota äiti ei ollut koskaan halunnut. Ateriat voi nauttia yhteisessä ruokasalissa tai sitten tuotiin tarjotin huoneeseen, jos hän niin halusi. Ja äiti halusi niin. Siis kaikki hyvin: hänellä oli oma rauha. Hän ei ollut koskaan tottunut siihen yleiseen sinuttelemiseen, joka alkoi 70-luvulla. Piti välimatkaa, torjui passiivisesti kaikki pakkodemokratiat.

Yritin sinnikkäästi saada äitiin yhteyttä. Tilanne oli vaikeutunut vielä entisestään—äiti oli melkein kuuro. Huusin, artikuloin niin selvästi kuin osasin. Silloin tällöin sanoma meni perille. Äiti innostui hetkeksi ja kertoi, miten isä oli opettanut häntä ajamaan autoa 30-luvulla, jolloin naisilla sitä taitoa ei yleensä ollut. Äiti oppi. Ajokokeeseen hän meni innostuneena ja arveli, että sitä parempi mitä kovemmin meni, ajoi mutkatkin vauhdilla, niin että insinöörillä oli täysi työ pysyä mukana. "Sillä lailla", ajattelin. "Onhan äitikin ollut joskus nuori ja rohkea."

Sitten kerroin lapsuuden suurimman surun. Kun olin 6-vuotias, minulla oli Siri-kissa, rakkain olento maailmassa. Äidin mielestä se oli liian vanha ja oli määrätty, että se vietäisiin mummulaan navettakissaksi. Minusta se ei ollut vanha. Vein Sirin ulos, käskin kätkeytymään ja olemaan ihan hiljaa vaikka kutsuttaisiin. Yleensä se aina ymmärsi, mitä sille sanoin. Uskoin niin lujasti. Sitten rengit tulivat. Siriä kutsuttiin ja se tuli. Minulta meni rakkain olento.

Äiti ymmärsi nyt tämän asian. "Senkö takia sinä sitten lähdit Suomesta?" kysyi äiti. Katsoin äitiä hetken —kysymys oli täysin vilpitön. "Ei äiti, en minä sen takia." Väsyin huutamiseen ja menin lepäämään äidin päiväpeitteelle.

Yritimme olla yhdessä ja katselimme vanhoja valokuvia. Hätkähdin nähdessäni kuvan, joka oli otettu mummun hautajaisissa. Runsaasti kukitetun haudan ympärillä, siinä koivujen katveessa olivat harvinaisesti koolla kaikki lähimmät omaiset, alasluoduin katsein, tyrmistyneinä. Keskeinen hahmo oli äiti mustissaan, hattuun kiinnitetty huntu kasvoja peittämässä—kuin antiikin tragedian hahmo, surun jähmettämä. Olin jo vuosikausia tottunut siihen, että äitiä täytyi tukea. Olin siinä vieressä pitämässä häntä pystyssä, olkavarresta tukien. Mummun vahva, koossapitävä henki oli poissa. Nyt äiti kehotti minua ottamaan itselleni kuvia, jos haluaisin. Otin sen kuvan.

Lähtiessäni halasin hyvästiksi. Äiti tarttui hetkeksi lujasti kiinni—sitten se purkautui. Vahvat padot ja patoutumat, jotka olivat jossakin siellä syvällä, aina tarkkaan vartioituina. Mutta tällaisena harvinaisena hetkenä pato murtui ja nyyhkytys vyöryi ajan kasvattamalla voimalla ulos pelottavan rajuna. Tavanomaisen toivoton reaktioni: "Miten auttaa?" Se oli mahdotonta. Ryntäsin mitään näkemättä hissille ja painoin alinta nappia. Kun hissi pysähtyi, astuin edelleenkin samein silmin oudon tutun oloiseen käytävään. Yritin suunnistaa ulos, mutta aina oli seinä vastassa. Eksyin loputtomalta tuntuvaan labyrinttiin. Lopulta törmäsin kahteen nuoreen naiseen. "Miten täältä pääsee ulos?" Tytöt purskahtivat nauruun. "Sä olet niin orvon näköinen", huomasi toinen. "Mene ensin vasemmalle, sitten käytävän päähän. Se hissi on siellä." Lopulta onnistuin nousemaan pohjakerroksesta takaisin maanpinnalle ja raittiiseen ulkoilmaan.

Ihooni ja vaatteisiini tarttui moneksi päiväksi voimakas haju, sekoitus hyvin vanhan ihmisen liian harvoin pestyä ihoa ja syvää, piintynyttä murhetta. Hankasin itseäni tarmokkaasti suihkussa. Se ei lähtenyt pesemällä.

***

On lempeä alkukesän iltapäivä, ikkunaovi on auki puutarhaan. Terassia varjostaa kaksi pagodipuuta. Ne eivät kuki joka vuosi. Tänä kesänä ne ovat omien, salaisten lakiensa sääteleminä lähteneet puskemaan kukkia, oikein innostuneet. Suuret, sireeninkukkia löyhemmät tertut sirottelevat koko ajan vaaleankeltaisia kukkiaan terassille. Muodostuu vähitellen kevyt, hauras ja ilmava matto. Istun kirjoituskoneen ääressä ja hengitän tuoksuja ja vehreyttä.

Eilen lauloi lintu jossain sypressien takana. Oli niin monisävyistä helinää, että arvelin sen olevan satakieli. Toukokuun alussa äiti pääsi pois pitkien kärsimysten jälkeen. Lohduttava lause. Jos vain voisi välttää tätä vihoviimeistä analysoimisen tarvetta. Ja sitä paitsi sanoista on näin kaukaa katsoen tullut esineitä, joita tarkastelen joka puolelta, kääntelen ja ihmettelen niitä. Toistan sanaa, kunnes se tyhjenee kaikesta merkityksestä—jää jäljelle vain foneemi: ponteva, lupaava alku, po-; sitten ihan kuin se olisi huomannut oman naurettavuutensa, sihahtaa äkkilasku, viuhahdus, -is, kuin vesitilkka saunan kiukaalla. Ja merkitys? Minne pois? Paikka vai suunta jonnekin?

Äkkiä huoneen täyttää pyrähdys. Siipien hätäistä havinaa, pieniä höyheniä tippuu lattialle ja sängynpeitteelle, kun lintu hädissään törmäilee kattoon. Noin kyyhkysen kokoinen, harmaa, ruosteenvärinen rinta, paksu kaula. Se on paniikin vallassa ja yrittää ulos summanmutikassa. Yritän näyttää sille avointa ikkunaa, mutta se pystyy vain yhteen yritykseen: ulos yläkautta.

Se kolhii itseään kattoon, ei opi erehdyksestä. Haen keittiöstä pitkävartisen harjan ja ohjailen sitä varovaisesti, matkan päästä. Alaspäin, alaspäin, etsi kiertotie. Tee kompromissi. Sen linnunaivoihin ei mahdu sellaista mahdollisuutta kuin kiertäminen. Vihdoin sohimiseni hämmentämänä se putoaa vahingossa sen verran, että osuu avoimen ikkunaoven eteen. Vielä lyhyt suhahdus ja se on poissa.

Alan taas miettiä äidin ongelmallista elämää. Kauan hän kävi jaakopinpainia enkelin kanssa. Joskus, pitkien hiljaisuuksien jälkeen, hän sanoi: "Oi minä olen ajatellut niin paljon, niin paljon." Ei hän kertonut mitä oli ajatellut, ei luottanut kanssaihmisten ymmärtämiskykyyn. Useimmiten hänen olemisensa oli kuin veitsenterällä voimistelemista. Sitkeästi hän sitä jatkoi ja kauan, kunnes tuli rauha.

Muutamaa päivää ennen loppua hän oli ilmoittanut siskolle, että kaikki oli hyvin: ei enää tuskaa, ei kamppailua. Vain pari käytännöllistä kysymystä: "Missä minun vaatteeni ovat?" Ne hyvin vähäiset, joita hän oli tarvinnut viimeisinä vuosinaan. "Entä puhelin?" Se oli yhteys ulkomaailmaan. Äiti oli viettänyt lukemattomia iltapäiviä sen vieressä, odottaen kärsivällisesti tyttäriensä soittoa. Sisko oli pitänyt huolta vaatteista ja puhelimesta, äiti rauhoittui.

Sitten ei enää muuta—taistelu oli voitettu, hän oli täysin tyyni. Se seikka, ne muutamat hetket, lohduttavat kummallisesti.

Niin, miksi minä lähdin Suomesta? Sen asian selittämiseen tarvitaan enemmän kuin pari lausetta.

I

Oli kerran Päivi-tyttö, joka ajatteli liikaa. Niin sanoivat hyvää tarkoittavat lähimmäiset, joille hänen terve kehityksensä olisi ollut tärkeää. Ei hänellä ollut minkäänlaista käsitystä siitä, miten ajattelua harjoitetaan. Päivi eli suurimmaksi osaksi pienen hämmennyksen vallassa, mutta tuhlasi paljon ajastaan ihmettelyyn, mistä elämässä oikein oli kysymys. Ei ollut ketään, jolta olisi voinut kysyä. Kaikilla hänen ympärillään oli pää paikallaan ja ajatukset siistissä järjestyksessä. Ja isot ihmisethän kuitenkin tiesivät elämästä paljon enemmän kuin hän, joten Päivi yritti parhaansa mukaan elää järkevästi ja samalla tavoin kun muutkin.

Miten Päivistä oli tuollainen tullut?

Äidin vanhemmilla oli kaikki järjestyksessä. Päivi ei ollut ehtinyt tutustua äidinisään, joka oli parikymmentä vuotta vaimoaan vanhempi. Hän oli menehtynyt astmaan. Mutta Mummu ja Pappa olivat kouriintuntuvan voimakkaasti läsnä Mummun salin seinälle ripustetussa valokuvassa. He eivät poseeranneet vaan olivat ikään kuin hyväntahtoisesti suostuneet istumaan siinä hetken, hiukan väheksyen tuota turhanpäiväistä toimitusta, valokuvausta—ison talon arvokas isäntäväki. Pappa jo harmaantunein ohimoin, siististi leikattuine viiksineen, uhoen tyyntä auktoriteettia. Mummu vielä nuorena, täyteläiset kasvot vakavina ja luottavina, tukka askeettisen tiukasti nutturalla, Papan nojatuolin käsinojalla istuen ja nojaten lempeästi tämän olkapäähän. Molemmat olivat kuvassa ystävällisen vankkumattomina ja varmoina siitä, että kaikki oli niin kuin olla pitikin—nuhteettomina ja kunniallisina, yhteiskunnan tukipylväinä. Kuvasta huokui vaikutelma, ettei heidän arvojärjestyksiään olisi niin vain voinut mennä horjuttamaan minkäänlaisilla epäilyksillä.

Isänisä oli häntäheikki ja lahjakas muusikko. Hän soitti klarinettia ja viulua, tekaisi tarpeen tullen laulun sävelen ja sitten sanat myötäilemään. Runojakin kirjoitti, kehnonpuoleisia tosin, luki Shakespearea ja oli ollut kova teuhaamaan ja tehnyt siekailematta äpärälapsia joka puolelle maakuntaa. Kukaan ei tiennyt, miten monta hän oli saanut aikaan. Veitikka, velikulta, julkea välke silmissä. Aika poika.

Isänisä ei nähnyt minkäänlaista ristiriitaa omien oikeuksiensa ja perheen naispuolisten jäsenten elämän välillä. Hänellä oli kolme sisarta: Aina Rauha, Impi Hilja, Lempi Lahja. Nimet kuin lopullinen tuomio. Tuli mitä tuli. Sisaret muodostivat perheorkesterin ja soittelivat kahdella viululla ja kanteleella monet hääparit avioliittoon. Veli oli neljäntenä myöhemmin, musiikkijuhlilla ja radiossa. Sisaria ei päästetty naimisiin, edes sitä nuorinta, joka kerran yritti. Musiikki oli heidän elämänsä. Tampereen laulujuhlilla joskus

13

palkintotuomarit pysähtyivät ihmettelemään, voiko näille tummille soittajatytöille antaa palkintoa, kun he olivat ulkomaalaisia. Mutta palkinto tuli ja vuosien varrella palkintoja ja kunniakirjoja kertyi paljon. Väinö-veljellä oli vaimo ja lapsia ja kaupan päälle äpärälapsia. Sisaret pysyivät siveellisinä ja neitseellisinä, mitä nyt nuorinta joskus vietiin väkisin tanssimaan. Mutta halleluja: Rauhalle ja Impille ja Lempille suotiin ajankohdasta huolimatta henkireikä, ilmaisumahdollisuus: musiikki.

Väinö kohteli kaltoin laillisesta avioliitosta syntyneitä poikiaan, annettuaan heille ensin komealta kalskahtavat nimet: Urho Onerva, Tenho Voima, Aihe Armas. Näin kuormitettuina veljekset saivat selviytyä kovassa maailmassa miten taisivat.

Isänisän nuoruus oli aikaa, jolloin Suomi koki tarpeelliseksi kaikin tavoin lujittaa ja varmistaa siihen asti ikeen alla pidettyä identiteettiään. Itsenäistymisen alku. Ruotsalaista syntyperää oleva isänisä suomensi sukunimensä ja muuttui itsekin kovin kalevalaiseksi—ainakin päällisin puolin.

Isänäiti oli luonnostaan hiljainen ja rauhallinen ja lempeä eikä aiheuttanut minkäänlaista harmia.

Päivin vanhempien lähtökohdat olivat yhtä kaukana toisistaan kuin itä ja länsi.

Isällä oli taipumusta dostojevskilaiseen epätoivoon —äiti kuin pohjolan vanamo, silmät pohjaton lähde. Sieluko niistä yritti ulos?

Filosofit ovat siitä puhuneet—niillä kun on tapana tarttua aiheisiin, joista ei kuitenkaan saa mitään selkoa.

Niin kauan kuin ihminen on yrittänyt ymmärtää itseään, on aina törmätty siihen ongelmaan.

Antiikin filosofit olivat konkreettisia: näytti selvältä, että ihmisen sielu oli hänen varjonsa, joka kulki hänen perässään aurinkoisella säällä. Varjon oikea asunto oli unien valtakunnassa—se oli mielekästä. Sitten ajateltiin, että se asuu ihmisessä itsessään, jotenkin hänen sisällään. Sitä pihisee ulos hänen hengityksensä mukana, siis ilmaa ja lämpöä. Hänen kuollessaan se lähtee ulos sitä kautta: ei enää sielua ruumiissa. Aristofaneella oli täsmällinen näkemys siitä, miten asian laita todella oli. Hän oli sitä mieltä, että ihmiset olivat alun perin itseriittoisia. He olivat hermafrodiitteja. Heillä oli myös neljä jalkaa ja kättä, ja kun he halusivat edetä nopeasti, he heittivät kärrynpyörää edeten hurjaa vauhtia. Jumalten mielestä ihmiset olivat liian voimakkaita ja röyhkeitä, mutteivät he halunneet näitä oikein kokonaan hävittääkään, kuten olivat tehneet jättiläisille, vaikka ihmiset olivat yrittäneet nousta taivaaseen hyökätäkseen jumalien kimppuun.

Tästä huolimatta ihmiset olivat heille hyödyllisiä. Jumalat pitivät siitä, että ihmiset antoivat heille uhreja, joten he keksivät, että liian kovaa menoa voi rajoittaa leikkaamalla ihmiset pituussuuntaan kahtia, näin heikentäen heitä, ja sitten parsittiin puolikkaat siisteiksi ja ehjiksi. Tästä oli sekin etu, että tuli kaksi kertaa enemmän uhrien antajia. Näin syntyi nykyinen malli, joka on siitä lähtien kärsinyt puolikkaansa puuttumisesta ja hakee sitä epätoivoisesti.

Alkuperäinen ykseys oli jo menetetty—jotain puuttui. Mutta antiikin kreikkalaisille kaikki oli vielä selväpiirteistä ja jumalien käyttäytyminen ymmärrettävää. Sitten tuli kristinusko ja tilanne mutkistui. Ei siitä enää saanut kuka hyvänsä selvää. Tuli kaukainen ja vaikeatajuinen Isäjumala, Hänen poikansa Jeesus Kristus ja kaiken kukkuraksi vielä Pyhä Henki. Eihän sitä kaikkea voi ymmärtää, joten hyvän kristityn on uskottava. Nyt ei enää ole kysymys taivaaseen hyökkäämisestä — se on liian kaukana. Mutta ihana on sielujen toiviotie ja taivasta kohti matka vie.

Mitä sinä nyt menet lavertelemaan kreikkalaisista ja kristityistä. Pysy asiassa, sanot. Niin mutta kun olisi hyvä ymmärtää vähän taustaakin, jotta saisi jonkinlaista selkoa äidin elämän vaikeudesta. Odota vähän niin näet.

Mummu, äidinäiti, oli todellinen kristitty — järkkymätön usko ja sielu, joka oli matkalla taivaaseen. Hänen kirjansa oli Raamattu ja pyhitetty hetki sunnuntaiaamun jumalanpalvelus radiossa. Tyttäret pakotettiin lukemaan säännöllisesti Raamattua.

Äiti oli tottelevainen ja vastaanottavainen. Hän imi itseensä Jumalan sanaa, muttei hänestä ollut oikeaksi uskovaiseksi. Hänen silmissään asui puute. Jumalan sanalla ei ollut minkäänlaista vaikutusta hänen sisariinsa. Nuorempi oli mutkaton, onnellisesti erittelemätön, viisaasti naisen osaan sopeutuva. Vanhempi vahva luonne, joka pilkkasi ja kapinoi. Äiti oli erilainen. Muokattavaa, hienosyistä savea. Olisi sattunut paikalle joku Pygmalion, maaperä olisi ollut suotuisa. Mutta minkäänlaista Pygmalionia ei sattunut äidin kotikylään, joten äiti opetteli tyttöopistossa naisellisia taitoja, eli utuisena omissa maailmoissaan, odottaen luottavaisena elämän toteutumista. Silmissä asui puutteen lisäksi odotus. Mutta synnintunnon oli Raamattu saanut istutettua häneen, syvälle ja lähtemättömästi.

Isä oli saanut päähänsä, että äidin sielukkuus oli nimenomaan se, mitä hän tarvitsi päästäkseen tasapainoon. He taistelisivat yhdessä pahaa maailmaa vastaan. Isä sinnikkäästi, ilman kenenkään apua, oli luomassa itselleen menestyksellistä liikeuraa. Mutta hänellä oli herkkä ja ailahteleva luonne. Tahtoa oli ja kykyjä, muttei liikeala ollut hänelle helppo. Taistelut oli käytävä yksin, nuoressa, itsenäisessä Suomessa, joka sekin haki hapuillen identiteettiään. Niinpä hän pommitti äitiä kirjeillä joka viikkoisten tapaamisien välillä.

13-11-26

"Nyt on aamu lauantaina, siis viikko kulunut. Se yö oli tuskaa täynnä. Oliko se totta vai unta? Se oli sittenkin erikoinen. Toipa se tullessaan parantumattomia haavoja tai heti arpeutuvia. Nyt kuitenkin epävarmuutta ja ristiriitoja sielu täynnä. Voi poikaparkaa kun kulkee haavoitettuna. Joka ainoa kerta kotiin tultuaan kysy: kuka on puhelimessa kysynyt? Aina vastaus: "Ei kukaan." Miksi et soita? Käskisit edes ja lohduttaisit ja sitten sanoisit: "Kaikki on loppu". Mutta sitä et tee. Ajatellaan yleensä miehiä koviksi, piittaamattomiksi, mutta sanoisin, että he kärsivät enemmän sisällä kuoren, näyttämättä sitä kenellekään. Tämä ja aikaisemmat heikkouden tunnustukset ovat raskaita tehtäviä miehiselle hengelle. Sinulle ne kuitenkin uskon ja olen uskonut jo aikoja sitten. Tämän lähetän saatuani osoitteesi, uskallan toivoa sen vielä saavani.

Samana päivänä, klo 7 illalla.

Saunasta tultuani paha tuuli. Koko maailma on paha. Miksi ihmisen täytyy kärsiä? Aivan tuntuu kuin ei olisikaan elämällä tarkoitusta. Istun tämän illan kotona ja varron soittoa. Olen huomisaamupäivän kotona ja varron edelleen.

Sunnuntaina 14–11, klo 2 ip.

Ei soittoa ole tullut. Siis Sinä kiusaat minua tai et tahdokkaan puhua mitään. Tänä iltana Lottien iltama. En lähtisi sinne, mutta on pakko mennä. Olemme lupautuneet soittamaan" (isä soitti nuorena viulua). "En voi ajatella."

Maanantai klo 15 vailla 6 ip.

Olet soittanut. Kaikki hyvin.

Aleksiskivimäisin, totisin soinnuin poika välitti tunteitaan kirjeissään. Rakkauden kohde empi ja melkein pelästyi noin intensiivisen kiihkeää tunnetta. "Käskisit edes ja lohduttaisit." Eihän nuoresta naisesta ollut käskijäksi. Ristiriitoja oli mahdoton välttää. Äiti haavoittui heti, kun joutui kosketuksiin maailman kanssa, sellaisena kuin se kaikessa moninaisuudessaan ilmenee.

9-12-26

Täällä kotona.

Sinä kiltti.

Kiitos suuri Sinulle. Et voi tietää, miten onnellinen olin sen saatuani. Tunsin sellaista kaikua itsessäni, jota en ole ennen huomannut. Myös minun silmäni ovat vedestä kirkkaat. Nyt Sinä olet lähempänä ajatuksiani kuin koskaan ennen. Tunnen pakotusta noutaa Sinut heti luokseni ja pitää ainaisesti. Miksi en saa sitä tehdä? Nyt olisin herkempi myös tunnustamaan kaikki rikokseni, jotka olen Sinulle tehnyt. Ja tämän jälkeen toivoisin, ettei minussa ja sielussani soisi muuta säveltä kuin Sinun ja etten leikillä enkä todessa tekisi sellaista, joka sinua loukkaisi. Minä melkein uskon, että sellainen onkin mahdollista.

Olin taas matkoilla. Tulin tänä iltana kotiin ja kirje oli odottamassa. Vielä siitä kiitos. Se oli Sinun ensimmäisesi ja siis minulle erikoinen. Säilytän sen pyhimmässäni. — Sain kirjoituskoneen, seisoo tuossa vierelläni. Kiitos itselleni joululahjasta..."

On kysymys "rikoksista", miehellä on tarve ripittäytyä, tehdä parannusta. Ja isä uskoo *melkein*, että sellainen olisikin mahdollista. Melkein. Jos äiti olisi osannut lukea kirjeet tarkkaan, hän olisi pelästynyt sitä sanaa.

Isä luki Tolstoita ja Kiveä, ja halusi että he yhteisvoimin taistelisivat pahaa maailmaa vastaan.

Mutta kotonaan ystävälliset äidinkasvot olivat muuttaneet ilmettään. Rautateiden raiteet uursivat vakoja Impivaaran metsien neitseellisiin kasvoihin.

Nuori, itsenäinen Suomi. "Kiitos itselleni joululahjasta". Nyt ei peltojen raivaus enää riittänyt. Kauppa ja teollisuus alkoivat kehittyä. Isä keskitti taitonsa ja voimansa liikeuran luomiseen. Siihen ei ollut malleja. Hänen oli lopulta luotettava vain omiin kykyihinsä. Maailma oli paha? Sille ei nyt kerta kaikkiaan voinut mitään—oli paras olla ajattelematta koko asiaa. "Kiitos itselleni joululahjasta." Vuonna 1926 kirjoituskone oli nuorelle miehelle yhtä mullistavan moderni väline kuin vuonna 2000 tietokone. Ei sen avulla päässyt äkillisesti upporikkaaksi, mutta liikeura alkoi kehittyä, hitaasti mutta varmasti.

28.1.27
Sinulle.
En nukkunut viime yönä monta tuntia. Otin puolet sinun suruistasi. Maailma on paha, ylen paha. Se tahtoo ryöstää toisen olevan ja tulevan onnen. Kuitenkin minun luuloni on, että eivät voi, jos me yhteisesti ja yksimielisesti tahdomme pitää sen omanamme. En tiedä miksi epäilen, ettet Sinä tahtoisi meidän yhteistä parastamme. Miksi eilinen iltapäivä oli sellainen kuin oli? Sinun poikasi mielipide asiasta on sittenkin valoisa. Ja Sinä olet sittenkin se ainoa paras mitä voi olla. Lyö silmät mustiksi ajatellessani meidän yhteisen loppuamme. Ja ei se voikaan enää tapahtua. Se toisi meidän yksityisen loppumme myöskin.
Nyt luulen sisimpäni rauhoittuvan osaksi saadessani tämän paperille. Se meidän yhteinen ajatuksemme helmikuun 20. päivän tapahtumista on minun puoleltani ennallaan. Tulen lauantaina klo 5.

Ei ollut leikistä kysymys—liitto alkoi konkretisoitua. Äidin vanhempien tapaamista isä jännitti. Näitä rauhallisia suurtilan omistajia. Antaisivatko he tyttärensä suosiolla nuorelle miehelle, joka vasta rakensi asemaansa maailmassa?

He antoivat.

Kihlajaiskuvassa isä ja äiti taipuvat kuin auringonkukat toisiaan kohti; koskematta, erillisinä, kuin haparoiden etsien poissa olevaa aurinkoa, tilanteen kiteyttäessä heidän perusteellisen yhteensopimattomuutensa. Äiti hämyisenä, luottavana ja hienopiirteisenä, lempeä katse suunnattuna jonnekin etäisyyteen, tulevaan onneen. Isän silmät hurjistuneina uhmaten kameraa, suupielissä pidätettyä tuskaa ja sisäisiä ristiriitoja, mutta leuka päättäväisenä ottamassa vastaan elämän haasteita. Se aurinko, jota kohti he molemmat omalla tavallaan pyrkivät, pysyi ajan mittaan melkein kokonaan pilven takana.

Liikeura eteni, menestys tuli. Mutta punnertaminen oli yksinäistä. Kukaan ei ymmärtänyt—kotona oli vain naisia. Ja äidin kanssa jonkun aikaa elettyään isä oli todennut, että se sukupuoli oli rajoittunut. Hän ei enää odottanut taistelutoveria siltä taholta.

II

Wenn das Kind Kind ist,
es fragt: "Warum bin ich
ich und nicht du?"
—Wim Wenders: *Kaipuun siivet*

Mitä sellaisen kahden hankalan, eri tavalla apua tarvitsevan ihmisen liitosta sitten seurasi? Seurasihan siitä muun muassa Päivi, outolintu, hänkin muissa maailmoissa elävä, mutta kuitenkin päättävästi leuka pystyssä. Päivin luonteen kieroutuminen tapahtui vaivihkaa. Jo pienenä oli hetkiä, jolloin hän hätääntyi. Tuli väläyksenomaisesti tietoisuus minuuden ongelmasta—ratkaisematon. Siihen oli suljettu ja kahlittu kuin vanki pakkotyöleirille. Se epäselvä, epämääräinen olio ja rajoittunut tietoisuus, josta ei päässyt ulos. Kun taas yöllä valui vaivatta unen hahmojen läpi, kaikkivoipana, kaikkitietävänä. Ei mistään vedenpitävästä, yhtenäisestä identiteetistä olekaan kysymys, vaan aivan muusta: täyteläisemmästä, rikkaammasta, joka paikkaan soluttautuvasta; kuin lonkeroinen merielävä, yhtaikaa siellä ja täällä. Vapaa valo, rajut ratsut, kuulas kirkkaus. Juuri ennen heräämistä välähdyksenomainen välitila, kapea rajamaa, jossa vielä vallitsi riemuitseva, avara oleminen, kosminen tietoisuus. Sellaista on, kun Jumala uneksii minut. Sen liepeestä valveilla oleva tietoisuus piti kaikin voimin kiinni katoavan hetken verran, tarrautui siihen vimmatusti. Mutta samalla oli jo selvää, ettei se voinut kestää. Vaikka miten puristi kiinni silmiä. Jo se että oli silmät, oli takaisin tuloa. Unen ulottuvaisuudet kutistuivat, askeettiset allegoriat haihtuivat kuin kaste lehdeltä ensimmäisen kuuman auringonsäteen lämmittämänä. Suhahtaen ilmestyivät selkeät, rajoittavat ääriviivat, äidin ääni kutsui, silmät oli avattava, todettava lakanoiden valkeus, punakukallinen täkki, makuuhuoneen kermanväliset huonekalut, vaatekaappi itsepäisesti lattiaan kiintyneenä kunniaa tehden, vanhempien sängyt suorassa rivissä kuin sotilaat, tuolit kiltisti nurkissaan. Ja se kaikki seinien ympäröimänä. Ei olisi saanut olla seiniä.

Ja sitten hän aina poikkeuksetta ja nöyrästi lopahti siksi kyllästyttävän rajoitetuksi olioksi, joka totteli nimeä Päivi. Refleksinomaiseksi kuin koira, joka tulee juosten häntäänsä heiluttaen kun kuulee huudettavan "Musti-ii".

Päivi. Niin valkoinen tukka ja niin mustat silmäripset. *Hellanlettas miten herttainen pieni tyttö.* Niin hän kuuli itseään määriteltävän ja oppi pian seurustelemaan sen olion kanssa peilissäkin. Oppi omaksumaan, rajoittamaan, ja vaatimaan itselleen sinisiä kolttuja kun äiti jostain syystä pukeutui aina punaisiin.

Lämpömittari näyttää 37,5°C varjossa. Ilmapiiriä ei voi mitata asteissa: puilla on päänsärky, lehtikään ei värähdä, talot puristavat silmänsä tiukasti kiinni, ohimot kireinä, varjot piiloutuvat nurkkiin pelokkaina, painautuvat liikkumattomina lähelle puita ja seiniä, turvaa etsien. Näkymätön ankara auktoriteetti painostaa taivaan sinen alla. Seuraavana päivänä puhaltaa mistraali, pohjoistuuli. Puita ruoskitaan, saavat korvapuusteja, kumartavat nöyrinä tuskissaan: hyvä Jumala, eikö rangaistus jo riitä? Ei se riitä—sitä voi jatkua lakkaamatta viikon verran. Sellainen on tämä lauha ja päivänpaisteinen Provence.

Päivin lapsuuskesät vietettiin Mummun ja tädin luona maalla. Kylä oli maan korvessa, 10 kilometrin päässä kaupungista. Sinne matkustettiin usein Saarisen linjaautolla. Matka kesti tunnin, Saarisella ei ollut kiirettä. Hän ajoi rauhallisena ja kärsivällisenä mutkaista tietä, vain pölypilvi nousi auton takana. Vähän väliä pysähdyttiin tiputtamaan pois matkustajia tai sitten joku huivipäinen mummo heilutti kättään tien vieressä paketti kädessään. Saarinen otti paketin, kuunteli ohjeet ja jätti paketin muutaman kilometrin päässä odottavan vaimoihmisen haltuun. Saarinen oli luotettava ja täsmällinen yhteys ulkomaailmaan.

Lopulta mutkan takaa putkahti oman kylän tienhaara. Äiti, isosisko Eija ja Päivi jäivät siihen ja kävelivät lopun matkaa; kilometrin kylätietä joka kiemurteli omia aikojaan. Jo kaukaa hahmottui mäen päällä kylän ensimmäinen suuri talo. Se oli vaaleankeltaiseksi maalattu, ja siinä oli lukemattomia ikkunoita, jotka auringon niihin sattuessa iskivät silmää tulijalle. Edessä oli säleaidan ympäröimä puutarha omenapuineen ja marjapensaineen. Oltiin kesäkotona. Elämä oli rauhallista ja hiljaista. Kuului vain hevosen hirnuntaa, kanojen kotkotusta. Kun joskus kuului auton moottorin ääni, juostiin ikkunaan katsomaan. Kuka tulee autolla? Se oli aina isä, joka tulla huristi kaupungista hoitamaan isännän rooliaan. Muita autoja ei kylään eksynyt. Silloin. Mummun paksu, kihara tukka oli ankarassa nutturassa ja hänessä oli sekä fyysisen että henkisen vankkumattomuuden tuntu. Hän oli jäänyt leskeksi jo nuorena, mutta hänen hallituskaudellaan talo oli hyvin hoidettu, isäntärengin avulla. Mummua tuki Herran sana: sunnuntaisin oli kaikkien kuunneltava hiiskumatta kirkonmenoja radiossa. Mummu asui pienemmässä huvilassa vähän syrjemmällä jätettyään talon hoidon nuoremmille. Ja äidin nuorempi sisar ja Seija-serkku viettivät kesää Mummun huvilan siivessä. Naimaton täti, äidin vanhin sisar, emännöi jo Päivin aikana suuressa talossa, jonne isä piipahti silloin tällöin kaupungista hoitamaan isännän roolia.

Niinä vuosina ei kesällä tietenkään koskaan satanut, joten Päivin olo oli yhtä keskeytymätöntä luontoon sulautumista. Hän kirmaili vapaana kuin vasikka loputtomia mahdollisuuksia sisältävässä maastossa. Omaisuuteen suhtautumisessa hän oli kommunisti: kaikki ne talot ja tilat, maat ja manteret kuuluivat hänelle yhtä hyvin kuin kaikille muillekin. Jos isojen ihmisten välillä oli kitkaa ja Mummun säätämä omaisuustilanne tavallisuudesta poikkeava, Päivi oli siitä kaikesta autuaan

25

tietämätön. Hän ei pohtinut sellaisia turhia vaan eli luonnontilassa, jossa kukaan ei ollut vielä keksinyt ilmoittaa mistään: "Tämä on minun."

Alkukesästä etsittiin talven läheisyyttä säikkyen suojaisiin paikkoihin uskaltautuneita silkkisiä sinivuokkoja. Sitten tuli valkovuokkojen vallankumous. Vapaina ja rohkeina ne jo levittäytyivät lumimattoina metsäaukioille. Seuraavaksi kurkistivat arat, juhlalliset kielot, joiden piilopaikkoihin johdatti vieno, mutta tenhoava tuoksu. Ja lopulta saapui ruiskukkien ja päivänkakkaroiden voittoisa esiinmarssi.

Ja sitten oli vuorossa uimaretket mutapohjaiseen merenlahteen. Kylätie vei kiemurrellen Ylitalon pihaan, josta laskeutui kaksi tietä metsikön läpi rantaan: sannotettu, jopa autollakin ajettava tie, ja kivinen, vaikeasti kuljettava, epätasainen metsäpolku. Päivi hyväksyi vain kivisen metsäpolun tieksi onneen. Jaloissa oli herkät tuntosarvet—ne ymmärsivät maaston välittömästi ja olivat tutustuneet kaikkiin polun muhkuroihin ja laskeutumiin, sammalten peittämien kivien samettiin ja silkinpehmeään ruohoon. Ne sietivät ikävystyneinä hiekkakäytävien yksitoikkoisuutta ja tekivät jännittäviä löytöretkiä navetan takana olevaan ruohoiseen ja kallioiseen mäenrinteeseen. Aina paljain jaloin.

Rantaan vievän polun Päivi juoksi aina kovaa vauhtia, nauttien edeltä käsin siitä mikä häntä siellä odotti: pietaryrtin huumaava tuoksu. Jos joku hänelle ilmoitti myöhemmin, että pietaryrtti haisi pahalta, Päivi kieltäytyi sitä uskomasta. Se oli paratiisin tuoksu.

Tässä mutaisessa paratiisissa hän oppi uimaan omia aikojaan.

26

Talossa oli hevosia ja lehmiä, joiden kimppuun tyttö myös kävi. Hän hyöri kuin hyttynen karjakoiden ja renkien ympärillä. Karjakot antoivat hänen viimein lypsää ne lehmät, joiden utareet olivat niin pehmeät ja veltot, että pienetkin kädet saivat jonkin verran maitoa herumaan sankoon. Päivi istui pallilla melkein kokonaan kätkeytyneenä ihmettelevän lehmän vatsan alle ja puristeli minkä jaksoi.

Hevoset hän sai viedä laitumelle päivän työn jälkeen. Tyttönappula nousi aidalta selkään, tarttui suitsiin ja antoi mennä ilman satulaa, tukka hulmuten hevosen harjan takana. Kerran sattui niin, että vanha tamma oli väsynyt eikä jaksanut laukata Päivin käskystä huolimatta. Hän usutti, hakkasi hevosen kylkiä paljailla jaloillaan. Lopulta tamma menetti loputtomalta tuntuneen kärsivällisyytensä ja viskasi keveän kuormansa maahan.

Päivi putosi hevosen alle, mutta tamma oli suutuksissaankin niin huomaavainen, että hyppäsi yli häntä tallaamatta. Päivi talutti nolona tamman laitumelle ja palasi vaivihkaa kotiin hiiskumatta kenellekään mitään tapahtuneesta. Mutta tytöltä jäi huomaamatta, että vaaleanharmaan villapuseron selässä oli suuri, vihreä ruohotahra. Äiti arvasi, mistä se oli lähtöisin ja huolestui: tyttö oli liian uhkarohkea—ei koskaan tiennyt mihin hän ryhtyisi.

Suhde luontoon oli kuin koiralla: hän kosketteli, haistoi ja maistoi. Paljaat, parkkiintuneet jalat seurustelivat intiimisti maankamaran kanssa. Oli kesämansikkojen rohkean makea ja kuitenkin hienovarainen tuoksu, kun työnsi nenänsä mukiin ja veti henkeä. Kielojen lempeä aromi leijui alkukesästä metsässä. Ja elokuussa vallitsi valkean kuulaan suuhun liukeneva ihanuus. Hän myllersi luonnossa, niin kuin katajainen kansamme on aina tehnyt: varauksetta ja väkevin tunnoin.

Oli taas kesä. Mummun keittiössä syötiin uusia perunoita, niin uusia, että ne voitiin syödä kuorineen. Höysteeksi pistettiin tilliä, silakoita ja voita. Se oli uudestaan syntymistä talven nahkeuden jälkeen. Päivi katseli syödessään Mummun posken luomea, jossa kasvoi yksinäinen, pitkä ihokarva. Se häiritsi hiukan sellaisessa paikassa ja hän mietti, olisiko sen ehkä voinut ottaa pois. Mutta se tuntui olevan luonnollinen osa Mummua, eivätkä Täti ja Seija-serkku sellaisia joutavia ihmetelleet.

Sen sijaan tomera ja asiallinen Seija oli jo oppinut jollakin salaperäisellä tavalla, miten maailmassa pärjätään ja menestytään, vaikka oli pari vuotta Päiviä nuorempi. Hän opetteli äitinsä kanssa ruoanlaittoa ja ilmoitti Päiville—tämä kun ei sen puuhan mielenkiintoa tajunnut—että Päivin olisi ilmeisesti myöhemmin löydettävä rikas mies, kun ei osannut keittää edes kaurapuuroa. Tämä järkevä ja tosiasioihin perustuva toteamus hätkähdytti Päiviä aika tavalla. Mummu ehdotti sitten, että kun Päivillä oli hyvä muisti ja hän oli kiinnostunut kirjoista, niin ehkä tyttö menisikin opintielle.

Tämä Päivin kohtaloa koskeva ajatustenvaihto sai hänet hetkeksi tolaltaan. Päiviä järkytti se, että hänen pieni persoonansa voi muista näyttää ihmiseltä, jolla on suunnittelemista tarvitseva tulevaisuus. Eikä hän tiennyt, mikä sellainen opintie oli. Saisikohan sillä juosta paljain jaloin? Ja mihinkähän se johti? Hän ei osannut ajatella itseään suhteessa muihin eikä missään tapauksessa tulevana yhteiskunnan jäsenenä. Päivin oli oikeastaan mahdotonta käsittää, että hän joskus tulevaisuudessa olisi aikuinen ja joutuisi ottamaan osaa niihin tarpeettomilta tuntuviin toimiin, joista näiden elämä näytti koostuvan. Tyttö eli tässä ja nyt, ajassa, jossa nykyhetki riitti.

Lukemaan Päivi oppi ennen kouluun menoa, jotenkin salakähmäisesti yksin, ja hän vietti sen jälkeen suhteettoman paljon aikaa nenä kiinni kirjassa. Hän oli kaikkiruokainen: hotkaisi helppohintaiset rakkausromaanit samalla innolla kuin maailmankirjallisuuden merkkiteokset. Juhani Aho, *Muskettisoturit*, Anni Polva, *Sota ja rauha*. Kunhan vaan oli tekstiä. Kaikki luettu jäi hänen päähänsä täydelliseen epäjärjestykseen, yhtä suloisessa sekamelskassa kuin lomahotellin kirjasto, jossa Stefan Zweigin *Amok* nojailee Brigitte Bardotin elämäkertaan — tai kuin supermarketin kirjaosasto, jossa on saavutettu lopullinen demokratia: *Vanha testamentti* rinta rinnan kiehtovan rakkaustarinan *Intohimoa kuutamossa* kanssa, Homeroksen *Odysseia* ja selkää karmiva dekkari *Veitsi kurkulla* täydessä sovussa, eikä edes *Anna Karenina* ollenkaan snobbaile, vaikka *Menneisyyden haamu* kihnuttaa kylkeään sen kansiin.

Kaksitoistavuotiaana Päivin mielikirjoja olivat Frank Slaughterin lääkäriromaanit. Niissä tapahtui lakkaamatta jännittäviä asioita: aina ruskettuneet ja miellyttävän miehekkäät kirurgit suorittivat vaikeita, poikkeamatta menestyksellisiä leikkauksia. Lääkäreiden rakastetut, sairaanhoitajattaret, olivat rajattoman uhrautuvaisuutensa lisäksi häkellyttävän kauniita. Päivi luki tämän tuotteliaan kirjailijan teoksia kilokaupalla nautinnon vallassa. Hän antoi jopa yhden isälle joululahjaksi (suunnitellen viekkaasti, että saisi sen sitten lukea itse). Päivin pettymykseksi isä suhtautui lahjaan penseästi, joulusta huolimatta. Isän maku oli rajoittuneempi kuin Päivin—hän luki mieluiten suurmiesten elämäkertoja.

Päivi luki kaiken mitä sai käsiinsä, muttei mikään kirjoissa luettu tarttunut häneen, kieltä lukuun ottamatta. Hänellä ei tietoisesti ollut minkäänlaista arvojärjestelmää, mutta hän reagoi spontaanisti asioihin langettaen tuomioita. Päivi tosin epäili heti tällaisten tuomioiden oikeutusta ylipäänsä, kun ne olivat hänen vajavaisten ja kokemattomien aivojensa tuotteita.

Kun Päivi oli kolmetoistavuotias, äiti oivalsi hänen kaikkiruokaisuutensa kirjojen suhteen ja yritti saada aikaan sensuuria. Äiti pelkäsi, että seksuaalisuuden kuvauksilla olisi turmeleva vaikutus tyttöön. Näin ei kuitenkaan ollut asian laita—kuvaukset eivät säväyttäneet Päiviä sen enempää kuin pörssinoteeraukset ja hän luki ne nopeasti, ymmärtämättä täysin mistä oli kysymys. Mutta kiellot antoivat kirjoille lisäviehätyksen, sisällöstä riippumatta.

Päivin ollessa viisitoistavuotias Waltarin Sinuhe ilmestyi kotikirjastoon, äiti kätki sen pian keittiön kaappiin silitysraudan taakse, mistä Päivi löysi sen ennen pitkää kuten kaikki muutkin kätketyt kirjat. Hän voitti aina piilottamisleikissä. Sinuhen hän ryntäsi läpi ennätysvauhtia. Tällä kertaa oli ilman muuta selvää, ettei hänen lukemallaan ollut mitään tekemistä todellisen elämän kanssa—muinainen Egypti oli eksoottinen ja kaukainen. Sitten hän sai äidin kauhistukseksi käsiinsä Alberto Moravian romaanin, jonka päähenkilö oli prostituoitu. Äiti alkoi huolestua tosissaan. Päivi yritti selittää äidille, että romaanissa oli tärkeä sen taidearvo eikä se, miten moraalinen ammatti päähenkilöllä sattui olemaan. Hän oli keksinyt sellaisen mielipiteen ties mistä. Hänellä ei ollut kovin tarkkaa käsitystä prostituoidun ammatista, mutta hänelle tuli huolestunut olo: miten hänelle itsestään selvä asia ei ollutkaan selvä aikuiselle.

Pienenä Päivi ei vielä tiennyt, että olisi ollut edullisempaa syntyä pojaksi. Kun hän oli 6-vuotias, äiti meni sairaalaan hakemaan uutta vauvaa. Kukaan ei tiennyt edeltä käsin, tulisiko sieltä tyttö vai poika—vallitsi epävarmuus ja toiveikkuus. Isä oli tietenkin pojan kannalla, Päivi ehdottomasti pikkusiskon. Jännättiin. Isä soitti sairaalaan ja Päivi hyppeli hänen ympärillään ja hoki: "Se on tyttö, se on tyttö." Hän uskoi innostamisen vielä siinä vaiheessa vaikuttavan tulokseen. Tyttö sieltä tuli, isä kätki pettymyksensä ja Päivi rupesi heti hoitelemaan kääröä, joka sai nimekseen Kirsi.

Muutaman kuukauden kuluttua isä lähetettiin sinne jonnekin. Päivi ei tiennyt missä se oli, mutta piti yllä yhteyttä isään, selvitti hänelle kirjeissä kotiolot:

Rakas isä. Kiitos kortista. Oletko sinä voinut hyvin?
Me ollemme voineet oikeen hyvin. Kirsikin voi oikein
ja naureskelee vaan. Minä kyllä hoidan Kirsin hyvin.
Voi hyvin. Päivi.

Toistaiseksi siis kaikki hyvin, ellei ota huomioon sitä pikkuseikkaa, että oli käynnissä talvisota.

Päivi ymmärsi, ettei isä ei saisi olla huolissaan kotioloista. Oikeastaan elämä oli ollut poissa raiteiltaan jo pitkän aikaa. Yöllä herättiin säpsähtäen korvia repivään hälytykseen. Se nousi ja laski, nousi ja laski. Päivi rukoili äitiä: "Äiti kiltti, mennään kellariin." Äiti ei lähtenyt. Aamulla Päivi jäi sänkyyn ja selitti, että vatsa oli kipeä. Iltapäivään mennessä se parani.

Ruotsista tuli paketteja: suklaata ja banaaneja—ennen näkemättömiä herkkuja. Ruokaa sai kortilla ja jäätelöä torin reunalla olevasta kioskista. Se oli jääpuikko, joka oli kastettu kitkerään, sakariinilla makeutettuun puolukkamehuun.

Isä tuli takaisin kotiin ja sota loppui. Kirsi naureskeli edelleenkin—hän huomasi maailman hassunkurisuudet jo pienenä.

Sota ja pommitukset olivat ohi. Perhe asui kaupungissa ja isä oli Johtaja. Häneltä meni paljon aikaa johtamiseen ja ajan mittaan häntä tapasi yhä harvemmin kotona. Silloin joskus, kun hän sattui huomaamaan Päivin olemassaolon, isä alkoi huomautella ettei tytöistä ollut mitään hyötyä, pikemminkin vain vaivaa. Isä olisi tosiaan halunnut pojan, josta olisi voinut kasvattaa Miehen, mutta tytönrievuilla hänet oli kuormitettu.

Äidin ensimmäisen raskauden aikana isä oli antanut lapselle nimen: Kalevi. Mitään vaihtoehtoa hän ottanut huomioon. Kun isosisko Eija oli pieni, isä oli jonkun aikaa pukenut hänet pojan vaatteisiin ja leikkauttanut hänelle poikatukan. (Siihen aikaan pojat ja tytöt vielä puettiin eri tavalla.) Isosisko oli pienestä pitäen hyvin naisellinen ja kärsi kohtalonsa hiljaisuudessa. Päivin suhteen isä ei enää ryhtynyt näin jyrkkiin toimenpiteisiin. Mutta Päiviltä isän asenne vei luulot pois ennen kuin niitä oli ehtinyt syntyäkään. Päiville alkoi tulla selväksi, ettei hänen, tytönrääpäleen, sopinut mitään merkillistä vaatia elämältä.

Entä kuka johti perhettä? Äiti oli hellä ja rakastava, muttei hänessä ollut ainesta johtamiseen. Elämä sujui jotenkuten, omalla painollaan.

Isä rakennutti ison huvilan meren rannalle, pienen Naantalin kylpyläkaupungin liepeille. Vastavalmistuneessa talossa oli paljon huoneita. Se huokui valkeutta ja tuoksui tuoreelta puulta. Jostakin ilmestyi kaikenlaisia uusia huonekaluja. Isä sai aikaan.

Siellä ei ollut lapsuuskesien avaruutta—ei metsiä, ei niittyjä, ei hevosia eikä lehmiä. Oli vain hehtaarin verran männikköä talon takana. Päivi hengitti tuoreen puun tuoksua ja kiipeili innottomasti mäntyihin. Mutta hänellä alkoi olla kurveja, jotka häiritsivät siinä puuhassa. Mikään ei ollut enää itsestään selvää; talon ympärillä oli lastuja joka puolella.

Eräänä iltana oli kutsut, jonne tuli paljon isän ja äidin ystäviä. Valo tulvi ikkunoista, kaikki huoneet olivat valaistuja. Sisältä kuului vilkasta puhetta ja musiikkia. Päivi meni männikköön piiloon, kyyristeli siellä, ihmetteli.

Äkkiä äiti syöksyi kesken juhlien ulos talosta ja juoksi kovaa vauhtia katsomatta minne meni, ja itki kovasti ja lohduttomasti.

Päivi oli tottunut siihen, että äidin kasvot olivat aina pukeutuneet maailmalle sopivaan asuun, tyyneen ja arvokkaaseen, tai sitten lempeästi hymyilevään. Nyt kasvot olivat alastomat. Päivi ei ollut koskaan nähnyt äidin itkevän. Eikä nytkään ollut tarkoitus, että murhe olisi näkynyt—ei sisällä oleville, ei Päiville. Perheessä vallitsi itsestään selvä, kirjoittamaton sopimus: Häveliäisyys oli laki. Mitään hyvää makua rikkovia puheita tai käyttäytymisiä ei päästetty valloilleen, ei mitään rahvaanomaista. Äiti oli hillitty ja hallittu. Mitä sen hillityn ja hallitun kuoren alla oli, sitä ei saanut mennä penkomaan. Sopimusta ei saanut rikkoa.

Mutta siinä äiti nyt vain oli. Päivi reagoi salamannopeasti. Äiti ei saanut nähdä häntä, ei missään tapauksessa. Tyttö kätkeytyi yhä syvemmälle metsikköön, meni näkymättömäksi ja liikkumattomaksi katajapensaan taakse. Katajanneulaset pistelivät paljaita sääriä. Hän lakkasi hengittämästä.

Äiti ei ollenkaan pitänyt juhlista—se oli selvää. Hän istahti kivelle, yritti selvästi lopettaa itkemisen. Se vaimeni vähitellen, lakkasi lopulta. Äiti nousi, pyyhki päättäväisen tuntuisena kasvonsa, järjesti niille tavanomaisen tyynen ja arvokkaan ilmeen ja asteli hitaasti, alistuneen tuntuisesti takaisin sisälle. Emännän ei sopinut hävitä kesken juhlien: velvollisuus kutsui.

Päivi verrytteli kankeita jäseniään ja suri. Aikuisten elämä oli ilmeisesti vaivalloista—ja käsittämätöntä. Mutta puissa kiipeileminen ei auttanut. Piti yrittää sopeutua.

Kun kukaan ei antanut minkäänlaisia käyttöohjeita uudenlaiselle elämälle, Päivi otti sinä kesänä tavakseen kätkeytyä talon kellariin, kun muut menivät uimaan. Kyhjötti siellä piilossa, koko loputtoman aurinkoisen iltapäivän. Uimaan meno ei tullut kysymykseenkään. Hän häpesi pohjattomasti asiattomia ja epäkäytännöllisiä kurvejaan. Kaikki ikätoverit juoksentelivat vielä huolettomina ja litteinä. Se oli kerta kaikkiaan noloa. Jostain syystä äiti ei halunnut asettua asumaan siihen suureen huvilaan, josta piti tulla pysyvä koti. Isä myi sen pois ja osti seuraavana kesänä läheisen pienen saaren, jossa oli pieni huvila ja sauna. Siellä oltiin kesät, mutta parin vuoden kuluttua sekin hävisi. Päivi ei kiinnittänyt huomiota tällaisiin muutoksiin. Hänellä oli täysi työ omassa elämässään.

III

Irmeli oli Päivin paras ystävä. Vilkas ja nauravainen, laiha ja meneväinen tyttö. Hän määräili Päiviä, tiesi elämästä enemmän. He asuivat molemmat Turun pääkadun varrella, Päivi keskustassa, Irmeli vähän syrjemmällä. Irmelin ikkuna oli melkein kadun tasolla, hän asui vanhempiensa kanssa ensimmäisessä kerroksessa olevassa hellahuoneessa. Äiti oli ompelija ja teki Irmelille usein kauniita, uusia mekkoja. Päivi vähän kadehti, hän kulki aina samassa hameessa koko talven. Jos isältä pyysi uutta, isä sanoi: "Sinulla on jo hame." "Katsotaan sitten" oli muuten isän tapa suhtautua pyyntöihin. Se "sitten" oli niin kaukaisessa tulevaisuudessa, että pyynnöt olivat aina jo ehtineet unohtua. Päivin oli pakko verhoutua neljän talven ikuisuus isosiskolta perittyyn mustaan lammasturkkiin. Se oli jotenkin kummallisesti väärin leikattu, sillä tavalla, että hän näytti siinä kyttyräselkäiseltä. Siinä ehti elämää mennä pilalle.

Koti oli pitkulainen huoneisto, huoneet peräkkäin kuin junavaunut. Tammipuisia, massiivisia ja rumia kalusteita täpötäyteen ahdetussa ruokasalissa oli vielä nurkassa Päivin suoraselkäinen Steiner-piano.

Koulusta tullessaan Päivi luki läksyt huitaisten turkoosinvärisen lipaston ääressä. Hänellä kun oli hyvä muisti, se kävi vaivatta. Sitten Irmeli tuli hakemaan häntä ulos. Äiti ei pitänyt Irmelistä, hänelle tuli kiusaantunut ja vaivaantunut ilme. Päivi ei saanut selvää miksi. Äiti pani lupaamaan: "Ole sitten varmasti kotona ennen yhdeksää." Päivi lupasi: "juu, juu", löi oven kiinni ja unohti lupauksen. Irmelillä oli sellainen vaikutus. Joskus heitä oli kolme kaupungilla vaeltaessa, kolmantena Raili. Irmeli oli olevinaan, ei enää ollenkaan pitänyt Päivistä, meni Railin kanssa. He käänsivät selkänsä ja nauroivat Päiviä. Hän meni hämilleen. Mitä hän oli tehnyt? Hän oli varmasti jollain tavalla naurettava; oli hän sen itsekin huomannut, jotenkin väärä ja erilainen. Päivi häpesi itseään, mutta oikeastaan hän häpesi Irmelin puolesta. Se jäi epäselväksi.

Sitten Irmeli tuli takaisin ja ilmoitti, että kyllä hänkin osaisi soittaa yhtä hyvin pianoa kuin Päivi, jos kävisi soittotunneilla. Ei se ollut vaikeaa. "Niin tietenkin", hämmästyi Päivi. Miksi Irmeli tuollaisia puhui? Sitten Irmeli piti taas Päivistä ja he kävelivät käsikynkkää ja olivat ystäviä. Menivät talvella luistinradalle ja kiipesivät keväällä puiston vaahteroihin ja söivät niiden hunajaisia kukkia. Joskus harvoin oli elokuun lopussa vielä lämpimiä iltoja. Käyskentelivät joen rannalla samettisessa pimeydessä ja ostivat omenia rantaan tulleista veneistä. Etelässä oli varmaan aina tällaista, ajatteli Päivi, tällä tavalla ihanaa: lämmintä ja pimeää illalla.

Luistelemaan Päivi oli oppinut aikaisin. Ensin kömpelösti kompuroiden hokkareilla, sitten valkoisilla kaunoluistimilla. Niihin liitettiin valkoiset sukkahousut ja valkoisella villakankaalla reunustettu minimekko, joka liehui mukavasti, kun hän yritteli piruettia. Talvi-iltoina luistinradalla liikuttiin musiikin tahdissa. Ympäri ja taas ympäri rataa kuin ikiliikkuja Päivi liiteli vauhdin huumassa, uupumattomana, Tonavan aaltojen keinuttamana. Terveellistähän se oli—veri kiersi ja posket olivat punaiset. Pakkanen sai paukkua, painovoimaa ei enää ollut.

Murrosikäiset pojat kiertelivät tyttöjen ympärillä. Päivi piti Irmelin kädestä kiinni eikä katsonut ympärilleen. Pojat luistelivat perässä, koskettivat kuin vahingossa olkapäätä, hipaisten, sipaisten, mennen ohi nopeasti, omaa uskaliaisuuttaan pelästyen. Lopulta Päivillä oli oma kavaljeeri, joka harrasti hänen perässään luistelemista. Ja sitten kotiin saattamistakin: he kulkivat peräkanaa, hanhenmarssia, kavaljeeri kavereineen takana, pitäen muutaman askeleen pituista välimatkaa. Vallitsi syvä hiljaisuus. Päivi kulki edellä luistimet nauhoista heiluen olkapäillä. Kavaljeerilla oli lippalakki ja silkoiset posket.

Lopulta tämä ensirakkaus johti oikeaan suudelmaan: maaliskuun iltana urheilukentän katsomon ylimmällä penkillä pojan huulet asettuivat Päivin huulille. Huulet olivat kylmät, raikkaat ja aiheuttivat nautintoa kuin hedelmäkaramelli. Ne viipyivät Päivin omilla vain hetken, mistään imeskelemisestä ei ollut kysymys. Siitä huolimatta nautinto oli suurempi ja kestävämpi kuin miltään hedelmäkaramellilta voi vaatia. Se herätti Päivissä aavistuksen uusista mahdollisuuksista ja hän säilytti tämän suudelman kuin tallelokeroon silkkipaperiin käärityn aarteen, jota voi tarkastella salaa ja varovasti kun oli yksin. Elämä oli muutenkin lokeroitu kuin mehiläispesä erillisine kennoineen. Yhdessä, usein huolimattomasti siivotussa lokerossa, olivat koulutyöt ja velvollisuudet; toisessa, vähän asutussa ja autionlaisessa, suhteet aikuisiin; kolmannessa, sekavassa ja meluisassa, koulutoverit ja ystävättäret, elämäntyyliä määräilevinä. Kirjoja varten oli kokonaan erillinen lokero. Sen sisältö oli kirjava ja monimuotoinen, täysin sulattamaton. Ja nyt sitten tämä uusi, kätkölokero, jossa oli vain yksi aarre: silkkipaperiin kääritty suudelma. Muiden yläpuolella, niihin aikoihin aina lukittuna, oli se lokero, jossa oli kysymys siitä, mitä tämä kaikki tarkoitti. Ne elivät kaikki omaa elämäänsä, toisistaan tietämättä.

Kotikaupunkia Turkua sanottiin kulttuurikaupungiksi. Sen keskellä virtasi joki. Kolme vanhaa, kauniisti kaartuvaa siltaa yhdisti rannat, joita vuosisataiset vaahterat vartioivat. Kaupungin kukkuloilla kukoisti vehreitä puistoja. Mutta joki oli mutainen ja ruskea ja haisi usein kesällä, kun oli kuuma. Se oli ummehtunut ja samea, ei mennyt minnekään, ei heijastanut mitään, ei vienyt mieltä eteenpäin. Se vain seisoi yksioikoisena ja uneliaana. Oliko sen pinnan alla arvaamattomia syvyyksiä? Voiko harjoittaa syväluotausta ja löytää aarteita tai edes vesieliöitä? Ei varmaankaan. Joki oli ilmeisen matala eikä varmasti kätkenyt muuta kuin rähjäisen mutapohjan.

Kaupungin asukkaat puhuivat lyhyesti ja töksäh-
televästi, pudottivat sanoja suustaan säästeliäästi ja
soinnittomasti kuin rakeita peltikatolle. Taivaanranta
tuntui olevan heti kadunkulman takana ja asukkailla
silmälaput, jotka estivät näkemästä kauemmaksi kuin
enintään joen toiselle puolelle.

Kauan sitten eläneiden merkkimiesten pronssiset rin-
takuvat tarkastelivat mietteliäinä puistikkojen keskeltä
elämänmenoa 1900-luvun toisella puoliskolla heidän
rakkaassa kaupungissaan. Sen arkipäivän ylle oli toi-
nen maailmansota hetkeksi pukenut ohuen dramaatti-
sen harson. Oli ollut sodan tragiikka pommituksineen
ja puutteineen. Ajoittain jopa kuoleman vaara. Sodan
jälkeen ihmiset alkoivat taas kuolla rauhallisesti omissa
sängyissään, kaupunki vaurastui ja rikastuminen sujui
tasaisessa tahdissa. Pian mistään ei enää ollut puutet-
ta ja suurin osa asukkaista eli, ellei vaurauden keskellä,
ainakin sen vanavedessä, viettäen joulua ja juhannus-
ta määräpäivinä. Pappi kastoi lapset—muodon vuoksi.
Myöhemmin he kävivät rippikoulun—muodon vuoksi.
Ja osa heistä sai valkolakin ja ruusuja—nekin joskus
muodon vuoksi.

Päivi kävi rippikoulun ja alkoi samalla käydä säännöl-
lisesti tanssimassa koulujen lauantaihipoissa. Hän ei
nähnyt minkäänlaista ristiriitaa näiden kahden toimin-
nan välillä. Molemmissa hän oli tovereistaan nuorin.

Papin puhe meni yhdestä korvasta sisään, toisesta
ulos. Hän oli oppinut pienenä Mummun luona kir-
konmenojen vaatiman käyttäytymisen: piti istua hiljaa,
kiltisti ja korvat kiinni. Ripillepääsy tapahtui mustassa

leningissä, jota koristi risti kaulassa. Öylätti oli kielellä ohut, kuiva ja mauton piparkakku, joka teki mieli sylkeä pois, mutta sen sai sentään vaivoin nieltyä, kun kerran niin oli määrätty. Päivi seurasi muita laumassa tottelevaisena. Siitä hameesta tuli sitten tanssi-iltojen asu. Ristin hän huomasi vaihtaa helminauhaan. Synkkä se sittenkin oli, mutta ainoa vaihtoehto punaruutuiseen villaleninkiin. Ja kun isältä pyysi uutta, hän vastasi aina samalla tavalla: "Sinulla on jo hame." Isä oli kyllä kiltti, ei ankara ollenkaan. Hän ei vain ollut kiinnostunut Päivin tarpeista.

Mutta tanssi-illat: se joka lauantainen kihnutus alkoi silloin ja sitä jatkui lakkaamatta parin vuoden ajan—kesällä lavatansseissa ja talvella kouluilla. Kihnuttaminen oli romanttista ja Päivi keskittyi siihen kokonaan. Tanssi-iltoina tultiin kotiin saattajan kanssa ja ulko-ovella kihnutus jatkui vielä jonkun aikaa.

Joskus isä tuli kotiin omilta retkiltään ja törmäsi Päiviin siinä ulko-ovella. Isä oli silloin hyvällä päällä, hiukan vaivautunut, mutta tervehti ystävällisesti Päiviä ja saattajaa, kuin puolivieraita ihmisiä.

Miksi isä oli niin kohtelias? Se tuntui oudolta. Päivi lähti vaisuna kotiin hänkin.

Päivi kuunteli lakkaamatta amerikkalaisia iskelmiä joko radiossa tai levyillä, kuunteli samaa renkutusta niin kauan että oli oppinut sanat ulkoa ja lauleli niitä yksikseen, ymmärtämättä sanaakaan sisällöstä. Don't fence me in oli niin sanomattoman kaunis, hän toisti sitä loputtomiin Bing Crosbyn perässä laulaen. Don't fence me in—se oli niin runollista, että ihan itketti. Mitä se tarkoitti? Ei aavistustakaan. Rakasta minua aina? Maa

41

on sininen kuin appelsiini? Haluatko kupin kahvia? Ei sillä väliä, sävel vei mukanaan.

Mutta kun kuudennella luokalla alkoi englannin opetus, Päivillä oli etumatkaa muihin. Häneltä kävi lausuminen vaivatta ja kielioppikin helposti. Englannin opettaja suutahti joskus: "Saat kyllä kymppejä kokeesta, muttet yhtään seuraa tunnilla." Päivi oli koppava—mikäs sen komeampaa kuin osata läksyt ilman mitään nöyryyttävää tankkaamista.

IV

Kun Päivi kuusitoistavuotiaana rakastui päättömästi Terhoon, tapahtui maanjäristys. Kaikki oli siirtynyt tavanomaiselta paikaltaan ja muuttanut väriään; kirkastunut kuin usvainen aamu auringon noustessa. Maailma oli muuttunut. Ja sen uuden maailman keskipiste oli Terho.

Poika oli tuskin Päiviä vanhempi mutta jo kovin kokenut. Hän oli täysin erilainen kuin ne pojanjurrikat, jotka olivat Päiviä saatelleet kotiin siihen asti. Terholla ei ollut porvarillisia vanhempia ollenkaan—ainakaan heistä ei koskaan puhuttu. Hän ei edes käynyt koulua vaan oli taidemaalari ja kirjoitti runoja. Jo 17-vuotiaana hänellä oli sitä paitsi Elämänkokemusta ja maine siitä, että oli kaatanut sänkyyn suuren osan kaupungin nuorista neidoista. Toverit pitivät heidän seurusteluaan yhtä epätodennäköisenä kuin västäräkin ja riikinkukon avioliittoa, mutta hämmästyivät sitten, kun heidät nähtiin yhdessä vielä viikkojen ja sitten jopa kuukausien kuluttua. Terhoa veti puoleensa Päivin ehdoton naiivius ja viattomuus, mutta viettelijän logiikalla hän teki parhaansa, jotta juuri tästä viattomuudesta tulisi loppu.

Arki-iltaisin istuttiin lyseolaisten kahvilassa puoluk-
kamehulasi edessä. Siellä kuhisi kuin mehiläispesässä
— ovi kävi yhtä mittaa. Sisääntulevat pysähtyivät oven
suuhun tarkistamaan tilanteen: kuka istui kenen kanssa
ja missä pöydässä ja minne itse asettuisi. Tai sitten teh-
tiin täyskäännös ja päätettiin, ettei toistaiseksi kannat-
tanut mennä sisään ollenkaan. Jatkettiin rituaalisesti
pääkadulla kävelemistä, alas joelle ja sitten taas ylös.
Tytöt hiljaisina tai tirskuen käsikynkkää yhdessä, pojat
erikseen ympärilleen vilkuillen.

Kahvilassa Päivi istui Irmelin ja muitten tyttöjen
kanssa suuressa kulmapöydässä, tapansa mukaan ää-
nettömänä. Taas ovi aukesi ja sisään ilmestyi Terho
sädekehän ympäröimänä. Terho oli saanut päähänsä
yrittää kasvattaa viikset. hänellä oli pieniä haituvia ylä-
huulen yläpuolella ja itsetietoinen ja rento hymy.

Terho kimmelsi — hän sammutti loistollaan kaikki
muut. Kun hän tuli Päivin pöytään, Päivi sähköistyi ja
alkoi vilkkaasti selittää jotain Irmelille, mutta hänen
kaulaansa ilmestyi vieteri joka ponnahdutti pään yhtä
mittaa Terhon suuntaan tahdosta riippumatta. Terho
oli melkein liikuttunut. Hän kiintyi Päiviin, paistatteli
tämän palvomisen loisteessa.

Mutta rajatonta rakkautta piti käyttää hyväkseen — se
edellytti Terhon mielestä ennen kaikkea sänkyyn me-
noa. Ja siinä asiassa hän ihmeekseen törmäsi päättä-
väiseen vastarintaan: sen verran Päivi asioita ymmärsi,
että neitsyys oli säilytettävä. Se oli niitä asioita, jotka
olivat selviä ilman mitään puheita. Terholle vastarinta
oli piristävää ja kuin haaste.

Pian he päättivät mennä jopa kihloihin, ihan vain salaa yksityisesti. Terho antoi Päiville itse kyhäämänsä tinasormuksen, joka sinetöi heidän rakkautensa. Sitten hän hävisi keskellä talvea Lappiin ja lähetti sieltä kirjeitä täynnä piirustuksia ja runoluonnoksia. Päivi odotti hänen paluutaan kuin Penelope ja pohti ystävättäriensä kanssa kysymystä, menisikö hän joskus Terhon kanssa naimisiin. Oikeastaan sitä pohtivat ystävättäret — Päiville itselleen tällainen tulevaisuuden suunnitteleminen oli vierasta.

Terho palasi romanttisilta vaelluksiltaan ja jatkoi taisteluaan linnoituksen valtaamiseksi. Päivillä oli ensi kertaa elämässään moraalinen ristiriita: antaako rakkaudelle mitä rakkaus pyysi vai kieltäytyäkö kuten vallassa olevat säännöt määräsivät? Mitä hänen omiin aisteihinsa tuli, ne olivat niin pelon lamauttamat, etteivät ne määränneet yhtään mitään. Lopulta Päivi lupasi ja pani elämänsä umpisolmuun. Hänen moraalikoodiinsa kuului myös, ettei lupauksia rikottu. Hän lupasi juhlallisesti luopua neitsyydestään juhannusaattona.

Terho innostui ja alkoi suunnitella ja varustautua. Hän toimi ikivanhojen, kirjoittamattomien lakien mukaan: he menivät saareen soutuveneellä, johon Terho kyhäsi jonkinlaisen purjeen tapaisen. Eristäytyminen muusta maailmasta saareen ei riittänyt; piti vielä mennä piiloon telttaan.

Päivi oletti, että nyt oli kyllä varmasti tekeillä kamalia, kun noin täytyi suojautua ja kätkeytyä. Hän istui veneessä lamaantuneena mutta tottelevaisena. Nyt oli tuomio lankeamassa — siinä hän oli kuin Jeanne d'Arc roviolle vietäessä. Tuomion lankeaminen oli kuitenkin vähemmän polttavaa laatua. Kun se suuren salaperäisyyden, moraalisen paheksumisen ja kaikenlaisen mainostamisen ympäröimä toimitus sitten tapahtui, Päivi jaksoi vain ihmetellä, miksi siitä pidettiin niin suurta ääntä. Hän ei tuntenut yhtään mitään. Oliko hänessä jotain vikaa? Ja eikö pitänyt olla myös kipua ja verta ja sen sellaista? Mutta hän oli pitänyt lupauksensa.

Juhannuspäivän aamu koitti siis raikkaana ja seesteisenä. Päivi hiipi kotiin tyhjiä ja hiljaisia katuja. Kukkuiko käki? Tuoksuivatko koivunlehdet juhlaa? Päivi ei tiennyt—hänen aistinsa olivat lakanneet toimimasta. Viileä rappukäytävä, suljettujen ovien takana naapurit nukkumassa pois juhannuksenvieton väsymystä. Sitten avain varovaisesti lukkoon, hän osasi livahtaa sisään hiljaa ketään herättämättä.

Mutta oven takana oli äiti, joka tuli päälle. Äiti ei sormellakaan koskenut häneen, mutta sellaisen vaikutuksen se teki. Päivi väisti vaistomaisesti. Äiti oli täysissä pukeissa, valvonut koko yön poissa tolaltaan, kasvot tuskan vääristämät. Hän huusi. Päivi kuunteli halvaantuneena ja nöyränä. Hän ymmärsi, että äiti syytti häntä huorintekemisestä. Se kuulosti pahalta. Hän sepitti niiltä seisomiltaan epäselvän tarinan siitä, miten vene oli haaksirikkoutunut eikä oltu päästy takaisin yöksi. Sinä yönä ei ollut minkäänlaista tuulta. Meri oli peilityyni —mitä haaksirikkoja siellä nyt olisi voinut tapahtua. Paitsi se hänen elämänsä ensimmäinen haaksirikko, josta ei päässyt kuiville.

Sinä juhannusaamuna ovesta pujahti huomaamatta Päivin mukana sisään Ristiriita, notkeasti kuin kotia etsivä kulkukissa. Sillä oli oikullinen, levoton luonne, kirjavat, räikeät kutimet, kierot silmät, nykivät liikkeet ja kimakka ääni. Se oli niin pieni, ettei kukaan sitä huomannut. Se meni piiloon olohuoneen sohvan taakse, mutta vei rauhan talosta. Päivin maailma oli mennyt rikki.

Kohtaus kesti vain muutaman minuutin. Äiti lakkasi huutamasta, Päivi meni turtuneena omaan huoneeseensa ja vaipui muutamaksi tunniksi rauhattomaan unenhorteeseen. Sen jälkeen ei asiasta enää puhuttu. Äiti palasi tavanmukaiseen hillittyyn pidättyväisyyteensä. *Noli me tangere.* Terho oli lakannut kimmeltämästä.

Juhannuksen jälkeen he yrittivät jatkaa rakastelua Terhon luona. Tämä asui pienessä, kolkossa, takapihalle antavassa vuokrahuoneessa. Terhon vanhempia ei näkynyt, eikä Päivin mieleen tullut koskaan kysyä, missä he olivat. Huone oli kolkko, muttei se Päiviä häirinnyt. Hänen aistinsa olivat vain kerta kaikkiaan lakanneet toimimasta, hän makasi sängyssä kuin vahanukke ja Terhon kiinnostus laimeni. Päivi ei tästä sen kummemmin masentunut. Vähitellen he vieraantuivat toisistaan ja erosivat kuin yhteisestä sopimuksesta. Tinasormuskin oli ehtinyt hävitä jonnekin.

Koulussa vallitsi reilu, elämänmyönteinen henki. Jos halusi olla hyvää pataa mielenkiintoisten luokkatoverien kanssa, opettajia ei sopinut kuunnella. Niin kuin normaalit, terveet koululaiset ovat aina tienneet, heidän

ikävystyttävillä jutusteluillaan ei voi olla mitään teke-
mistä Elämän kanssa. Koulu oli aika turhanpäiväinen
muodollisuus, muttei Päivi tullut koskaan ajatelleeksi,
minkä takia hän oikeastaan siellä kävi. Se kuului niihin
asioihin, jotka tehtiin siksi, että niin oli tapana tehdä.

Koulussa ei koskaan puhuttu Descartes-nimisestä mie-
hestä, joka ei helposti uskonut mitään ja joka oli muun
muassa sitä mieltä, että on paljon todennäköisempää,
että suuri joukko ihmisiä yhdessä erehtyy helpommin
kuin itsenäisesti ajatteleva yksilö. Sopulitkin laumassa
ollessaan ovat niin täynnä yhteishenkeä, että vilistävät
epäröimättä päätä pahkaa mereen ja hukkuvat. Sopulien
kehityksen kannalta olisi rohkaisevaa, jos joku niistä
pysähtyisi ihmettelemään, mihin ja miksi ne muut noin
rynnistävät.

Oppikoulussa Päivi oli sopuli. Luokan priimus oli
kahdeksan vuoden ajan hiirimäinen tyttö, joka osasi
aina läksyt ulkoa. Tämä oli ilmeisesti naurettavaa, joten
Päivi yritti kätkeä sen, että hänkin osasi usein läksyt.
Ainekirjoitus oli tosin hiukan eri asia — Päivi valitsi aina
vapaa-aineen, jossa sai selittää, mitä mieltä oli itse asi-
oista. Kun sanoja valui paperille, siinä samassa syntyi
jostain syystä mielipiteitä ja Päivi tottui opettajan keho-
tuksesta lukemaan aineitaan ääneen luokan edessä. Se
oli osa koulurutiinia, eikä hän tullut koskaan harkin-
neeksi, miksi hän oli ainoa luokassa, joka sinne mars-
sitettiin. Kun aiheena oli "Riittävätkö Valitut Palat?",
Päivi selitti, että valmiiksi pureksitut palat eivät riitä ja
perusteli kantaansa. Pitää olla kokonaisuus. Mutta sen
sijaan, että olisi soveltanut perusteluaan omaan opis-
keluunsa ja elämäänsä, hän jatkoi hämärää ja jäsenty-

mätöntä olemassaoloaan sopeutuen parhaansa mukaan luokkahengen sanattomiin vaatimuksiin. Ainekirjoituksen kruunaus tuli sitten ylioppilasaineessa. Päivi kirjoitti aiheesta "Muoti". Hetkeäkään epäröimättä hän ilmoitti, että oli ehdottomasti kaikkia muoteja vastaan. Aineesta ei kukaan kotona ollut kiinnostunut, vaikka tuli täysi laudatur. Oli vain äidinkielenopettaja, joka oli pitänyt siitä.

Toukokuun 1953 lopussa Päivi käväisi koululla. Suuri, nelikerroksinen ja nelikulmainen rakennus mäen päällä oli autio ja tyhjä—koko elämä oli muuttunut jonkinlaiseksi autiomaaksi. Tyttö siinä tyhjyyden keskellä. Kaikuvassa alahallissa hän törmäsi äidinkielenopettajaan. Tämä puhui hänelle nyt niin kuin aikuiselle puhutaan, kysyi asiallisesti: "Mitä sinä aiot nyt ruveta lukemaan?" Päivi hölmistyi jokseenkin yhtä paljon kuin vuosia aiemmin, kun Mummu oli puhunut opintiestä. Ei hänellä ollut minkäänlaista käsitystä siitä, mitä hän mahdollisesti voisi ruveta lukemaan. Mumisi hämillään epämääräisesti ettei hän tiennyt ja pakeni.

Perhe oli hajonnut. Eija oli ollut jo pari vuotta kihloissa ja meni nyt vihille. Äiti ja isä olivat muuttaneet Kirsin kanssa Raumalle. Isän ammatti vaati sitä. Oli päätetty, että Päivi kävisi viimeisen oppikouluvuotensa siinä koulussa, missä oli aina ollut. Hän sai asua talven isosiskon ja langon luona, omisti nyt aikansa kokonaan opinnoille ja läpäisi kokeet vaivatta. Oli tapahtunut jonkinlainen aikuistuminen. Itsesäilytysvaisto heräsi; silmistä paistoi uhma ja taisteluvalmius.

Ylioppilaaksi tuloa juhlittiin kaikkien tavanomaisten

riittien mukaan: valkoinen lakki, varta vasten teetetty tummanpunainen kävelypuku ja kaikenpunaisia ruusuja. Perhe ja sukulaiset juhlivat hänen menestystään ravintolaillallisella. Päivi juhli tanssimalla luokkatovereiden kanssa. Eikä kukaan kysynyt, mihin hän sen jälkeen aikoisi ryhtyä. Paitsi suomenopettaja... Sääntöjen määräämä elämä loppui siihen. Päivi odotti epämääräisesti, että vanhemmilla olisi ollut suunnitelmia hänen elämänsä jatkolle, mutta äidin terveys oli horjuva—hän oli useimmiten jossain kaukana, masennustilassa—ja isä eli omaa elämäänsä omalla tavallaan. Häntä ei tavannut usein. Niinä harvoina hetkinä, jolloin isä oli huomannut, että Päivi oli olemassa, hän joskus huomautti, että hammaslääkärin ammatti olisi kannattava. Päivi ei koskaan kiinnittänyt huomiota tällaisiin puheisiin. Ajatus siitä, että olisi vietettävä elämänsä katselemalla ihmisten hampaita, tuntui epämiellyttävältä.

Jotain tehdäkseen Päivi meni parin luokkatoverin kanssa kesäyliopistoon lukemaan saksaa. Se kävi niin vaivattomasti, että hän ehdotti äidille, että hän ehkä jatkaisi sitä samaa syksylläkin. Äiti oli jostain syystä sitä vastaan, hänellä oli kai tarpeeksi työtä oman elämänsä hoitamisesta. Päivi tapansa mukaan ei ymmärtänyt päätöksen syytä, mutta totteli kuuliaisesti.

Päivi rupesi seurustelemaan Jarkon kanssa, joka oli hänkin tullut ylioppilaaksi, saman koulun B-luokalta. Penkinpainajaisissa Päivi oli pannut merkille, että se poika oli hyvä tanssimaan. Pitkä poika, kihara tukka, Kauppakorkeaan menossa syksyllä. Lakkiaisissa se alkoi —

Päiviä tanssitutti taas. Heillä oli juhlavaa. Jarkko antoi mennä voimakkaasti, taivutti tangossa hurmaavasti, päättäväisesti, rytmikäs äkkikäännös, oikealle, vasemmalle, taas eteen ja taaksekin, rohkeasti. Päivi antoi viedä, seurasi mielellään, kun sulavasti mentiin. He viilettivät pitkin askelin, kohisivat hyökyaaltoina yli lattian, hiljentyivät mainingiksi. Muut parit jäivät kokonaan varjoon.

Muuten Päivi ei erityisesti välittänyt Jarkosta. Hän muuttui oikuttelevaksi ja arvaamattomaksi, rupesi mielenkiintoiseksi ja kerrassaan naiselliseksi. Ei ollut aina valmis lähtemään ollenkaan, kun Jarkko soitti. Ja keksi joskus hävitä—kerran lähti yksin, mitään sanomatta kotiin kesken juhlia.

Siinä vaiheessa Päivistä oli tullut nomadi. Hän asui silloin äidin sisaren luona, kaupungin keskustassa. Setä oli kaupungin johtavan sanomalehden toimittaja; hänellä oli käytettävissään lehtitalon ylimmässä kerroksessa oleva virka-asunto: koko kerros. Rappukäytävä oli kolkko ja haisi aina painomusteelta, toimittajien lähdettyä se oli iltaisin autio ja tyhjä. Päivillä oli oma huone keittiön takana.

Siellä oli tilaa niin paljon, ettei keskellä yötä soiva puhelin herättänyt tätiä ja setää. Jarkko soitti hätääntyneenä: "Mikä sinulle tuli? Suutuitko jostakin?" Mitä vähemmän Päivi selitti, sitä enemmän Jarkko kiinnostui. Silloin tällöin he viilettivät Jarkon purjeveneellä saaristossa.

Sen talven hän kuitenkin kävi kadun toisella puolella Kauppaopiston ylioppilasluokassa, kun hänelle jotain oli pitänyt keksiä. Yliopisto oli kielletty—ei hän ymmärtänyt minkä tähden. Talousopin tunneilla hän sitten torkkui täysin ikävystyneenä; ei oppinut muuta kuin kirjoittamaan koneella. Oppiarvo oli komea: merkonomi. Päiviä oli alkanut yhä enemmän vaivata ajattelun tarve. Hyväntahtoiset lähimmäiset olivat kyllä selittäneet, että liika ajattelu oli pahasta, jopa terveydelle vahingollista, kun hän vaipui selittämättömiin masennuksiin katse sisäänpäin kääntyneenä. Miksei hän siis elänyt, nauttinut nuoruudestaan, saanut aikaan lapsia, jotka taas puolestaan välttäisivät liikaa ajattelua? Niinhän ihmiskunta on aina menestynyt ja jatkunut. Päivi ei uskaltanut kysyä, miksi kaikkien piti välttämättä jatkaa samalla tavalla—se olisi ollut sairaalloista. Ties miksi hänessä oli jotain neuroottista—ei vain ollut koskaan tyytyväinen.

Hän alkoi kyllästyä vanhaan kotikaupunkiinsa. Eihän siinä mitään vikaa ollut: sitä sanottiin kauniiksi ja joki jatkoi likaisenruskeaa luikertelemistaan sen keskellä kuten se oli aina tehnyt. Ja joen molemmilla puolilla elettiin. Mutta Päivi alkoi kärsiä klaustrofobiasta. Oli sellainen ahtauden tuntu, tarve päästä ulos kuin kananpoika kuorestaan, suureen maailmaan. Hän oli hämärästi saanut päähänsä, että etelämpänä olisi avarampaa, enemmän merkitystä ja, että muissa maissa, muilla kielillä, löytyisi ehkä jotain siitä oleellisesta, mikä hänen elämästään puuttui. Ehkä muissa kielissä oli sanoja, jotka ilmaisivat sellaisia asioita, joihin oma kieli ei näyttänyt riittävän. Oikean elämän täytyi olla muualla.

Lopulta Päivi keksi konkreettisen ja järkevän syyn

liikunnan tarpeeseensa — sellaisen, jonka voi selvästi esittää aikuisille ja joka ymmärrettiin: hän halusi oppia kunnolla vieraita kieliä voidakseen siten ansaita elatuksensa niiden avulla.

Jo kauan ennen Päivin syntymää oli Suomessa touhunnut joukko ihmisiä, jotka olivat pitäneet ääntä siitä, että Suomelle tekisi hyvää saada ikkunat auki Eurooppaan. Päivi oli niin rämäpäinen, ettei ikkunoiden avaaminen hänelle riittänyt. Hän alkoi hypellä niistä ulos suin päin ollenkaan tarkistamatta, minkälaiseen maastoon sattuisi putoamaan.

V

Nytpä elämä pääsi alkuun. Ensimmäinen kohde oli Saksa. Aivan sattumalta Päivi oli ollut koulussa luokalla, jolla oli pitkä saksa. Hän oli oppinut kieliopin perin pohjin ja sanavarastoakin oli. Puuttui vain puhetaito. Isä ryhtyi toimeen. Hänellä oli paljon ystäviä ja eräällä näistä, yliopiston professorilla, oli tuttavaperhe Saksassa. Seurasi kirjeenvaihto, jonka tuloksena Päivi suunnisti Tukholman kautta junalla Konstanziin. Hän kuunteli ihaillen vastapäisellä penkillä istuvaa naista, joka osasi Euroopan kaikkia kieliä ja viihdytti kanssamatkustajiaan milloin milläkin kielellä. Hän katsoi Päiviä kokenein silmin ja ilmoitti, että tällä tulisi olemaan paljon uusia kokemuksia Saksassa oleskelunsa aikana.

Aamulla Konstanzin asemalla tulvi vastaan kaksi uutuutta: puita, joiden nimiä hän ei tiennyt ja päättäväisen tuntuinen vaalea mieshenkilö, joka suhtautui Päiviin ensi hetkestä lähtien positiivisesti ja käyttäytyi, kuin he olisivat tunteneet toisensa jo kauan. Herra Bocker oli vastaanottajaperheen pää. Hänen lisäkseen perheeseen kuului vaimo ja kolme pientä poikaa. Päivin oli määrä auttaa perheenäitiä askareissa kielen oppimisen ohella, minkä hän teki kuuliaisesti parhaansa mukaan. Se, ettei hän ollut koskaan oppinut keittämään edes kaurapuuroa ja että äidillä oli ollut kotiapulainen muita askareita varten, oli haitaksi. Sen lisäksi perheenisä kiintyi kovasti Päiviin. Kiintyi liikaakin, niin että hänen vaimonsa suuttui kokonaan. Vuodevaatteita saksalaiseen tapaan ikkunalaudalla tuulettaessaan Päivi kuuli toisesta huoneesta vaimon vihaisen äänen. Suuttumuksen aiheena oli "die Finnin". Päivin olo muuttui hankalaksi, eikä hänelle ollut aivan selvää, oliko suuttumuksen syynä hänen vajavainen siivoamistaitonsa vai jotain muuta. Kun perheenisä sitten ilmoitti parin viikon kuluttua, että he lähtisivät hänen vanhempiensa luo Kielin lähelle, Päivi oli helpottunut. Perheenisä pakkasi Päivin ja poikansa autoon, suuntana pohjoinen.

Autobahnilla edettiin vinhaa vauhtia ja perheenisä alkoi puhua vuolaasti ja selittää tilannetta. Hän sanoi rakastavansa Päiviä ja päättäneensä mennä tämän kanssa naimisiin. Päivi oli hämmästynyt eikä osannut ottaa minkäänlaista kantaa asiaan. Perheenisällä oli lyhyt ja jäntevä vartalo, intensiiviset, siniset silmät ja otsalta jo hiukan harveneva tukka. Hän pursui energiaa ja sanoja. Ikää hänellä oli yli kolmekymmentä vuotta, mikä Päiville merkitsi vanhuuden kynnystä.

He yöpyivät teltassa, jossa paksut makuusäkit ja joka puolelle levittäytyneet pikkupojat toimivat eristysaineena, mutta perheenisän tunteet velloivat niin voimakkaasti, että ne onnistuivat läpäisemään kaikki esteet. Hän sai notkean vartalonsa kiemurreltua sellaiseen asentoon, että pääsi suutelemaan Päiviä.

Päivin mielestä tilanne oli kummallinen ja hän oli helpottunut, kun päästiin perille isovanhempien luo. Siellä oli paljon rauhallisempaa. Isovanhemmilla oli pieni talo, puutarha ja kaksi vuohta, joita Päivi sai lypsää. Pian hän alkoi kukoistaa terveellisen ruokavalion ansiosta. Oli runsaasti tuoreita vihanneksia, vuohenmaitoa, vuohenjuustoa ja jopa valkoista, vuohenmaidosta tehtyä voita.

Perheenisä palasi pian vastahakoisesti Konstanziin sitä ennen selitettyään Päiville, että kyllä he vielä tulisivat olemaan yhdessä. Päivi ei tohtinut selittää, miksi koko juttu oli hänestä mahdoton: perheenisä oli hänestä liian vanha, hänellä sitä paitsi oli jo vaimo, Päivi ei ollut missään tapauksessa valmis rakastumaan kehenkään —eikä missään tapauksessa ikäloppuun suurperheen isään—vaan oli etsimässä elämän tarkoitusta saksankielestä. Rakastuminen oli tehnyt perheenisästä kaunopuheisen ja Päivin saksankielen taito edistyi nopeasti.

Päivi oli samalla hämyisesti odottanut tietoisuuden avartumista, mutta oleskelu oli jäänyt Kuchen-mit-Sahne tasolle ja kielenkäyttö oli sovinnaista ja rajoittunutta, vaikka perheenisä käyttäytymisessään rimpuilikin sovinnaista aviouskollisuutta vastaan. Kontakti jätti Päiviin vaikutelman sekä ylensyömisestä että nälkiintymisestä. Eivätkä sen enempää perheenisä kuin hänen vanhempansakaan puhuneet Päiville Kantin moraalifilosofiasta sen enempää kuin Novalisin tai Rilken runoudesta.

Neljän kuukauden oleskelun jälkeen Päivi palasi helpottuneena Suomeen.

Mielenkiintoinen kansa, nämä saksalaiset, enemmistö uutteria kuin muurahaiset, rauhallisena nauttien Sauerkrautia mit Rheinwein. So-o gemütlich. Ja sitten siellä kaiken keskellä Hölderlinin luova ja nerokas hulluus, Beethovenin pohjattomuus, Nietzschen intensiivisyys...

Sainte-Victoire.

Kun silloin tällöin ajan Aixiin asioimaan, se putkahtaa esiin mutkan takaa yllättäen. Järkkymättömänä ja massiivisena se uhoaa siinä, uhmaten aikaa. Jos on aurinkoista ja pilvetöntä—äkkipikaiset varjot, pistävä ja häikäisevä Provencen postikorttisää—se lepää siinä selväpiirteisenä hohtaen, ääriviivat tarkkaan piirtyen taivaan sineen. Se on arvostaan tietoinen; miettii joka aamu, miten pukeutuisi, hoitaa imagoaan. Sumuisina aamuina se viivyttelee kiirettä pitämättä utuisen harmaassa aamutakissa. Lepää, ei kiirehdi esiintymään. Se osaa myös koketeerata—harmaanvalkoisten poutapilvien ympäröimänä se pukeutuu pilkulleen yhteensopivaan vaippaan. Aina se on ylivoimainen, halliten ympäristöä pelkällä läsnäolollaan. On tietoinen edustamisvelvollisuudestaan.

Joka puolella sen ympärillä levittäytyy—Aixin vanhaakaupunkia lukuun ottamatta—nykyajan ahneiden, rakennuslupia holtittomasti jakelevien kaupunginhallitusten sallimia, anarkisesti rönsyileviä "lähistöjä". Makean vaaleanpunaisia huviloita yhtä karamellimakuisine puutarhamuureineen. Tuoreita rupia luonnon haavoittuneessa ihossa.

Sainte-Victoire pysyttäytyy kaiken tämän yläpuolella. Sen rinteille ei rakenneta.

Yritän katsoa sitä Cezannen silmin. "Quand la couleur est à sa richesse, la forme est à sa plénitude" (Kun väri on rikkaimmillaan, *muoto on täydellisintä). Rikkaita, sikeitä värejä, ilmakin niitä täynnä. Miten tehdä maisemasta täyteläinen, ilmastakin käsin kosketeltavaa ainetta? Saada aikaan kolmiulottuvaisuutta lähentelevä kokonaisuus? Tirkistelen tirkistelemistäni. En onnistu näkemään ilmaa muuten kuin sinä tavanomaisena läpikuultavana. Ja itse vuori? Kaunis maisema. Entä sitten? Kun oikein yritän, näen siinä lepäämään asettuneen sarvikuonon. Yritän uutta näkökulmaa. Nyt se on virtahepo, rähmällään pylly pystyssä. Ei minusta ole taidemaalariksi.*

Seuraava kohde oli Lontoo, jonne Päivi lähti kesäyliopistosta tutun opiskelijaystävä Ritvan kanssa. Ritva luki kieliä yliopistossa ja sanoi lähtevänsä Englantiin saamaan käytännön harjoitusta. Päivi innostui heti ja lähti mukaan. Ritva oli varmistanut oleskelunsa edeltä käsin: hän meni au pairiksi englantilaiseen perheeseen. Päivi ei varmistanut mitään vaan arveli asian järjestyvän itsestään paikan päällä. Hänellä oli rahaa vain menolippuun. Päivi seurasi luottavaisena Ritvaa ja selitti tätä vastaan tulleelle pariskunnalle, että hänkin haluaisi löytää avun tarpeessa olevan perheen.

Hänen luottavaisuutensa palkittiin ja perhe löytyi: Mr. ja Mrs. Miller, jolla oli kaksi lasta ja talo puutarhatilkkuineen esikaupungissa. Päivi asettui asumaan pieneen vierashuoneeseen, siivosi ja pesi astioita parhaansa mukaan ja leikki mielellään lasten kanssa, kun vanhemmat lähtivät kyläilemään illalla.

Rouva Miller oli kolmissakymmenissä, lihavuuteen ja äidillisyyteen taipuvainen, tyyniluontoinen ja ystävällinen nainen. Herra oli ystävällinen hänkin, mutta hiukan hermostunut, silmälasipäinen ja laihankulmikas.

58

Hänellä oli ujo hymy eikä onneksi minkäänlaisia aikomuksia mennä naimisiin Päivin kanssa. Lontoossa oli ihan erilaista kuin vuohenomistajaperheen luona Saksassa. Kaupunki levittäytyi silmänkantamattomiin joka puolelle. Tämä oli todellinen suurkaupunki, ajatteli Päivi juhlallisena. Pilvenpiirtäjien puuttuminen oli ensin pettymys — kaupunki oli matala. Mutta horisontaalista moniulotteisuutta riitti. Päivi oli myös kuullut puhuttavan Lontoon sakeasta sumusta, josta ei näkynyt jälkeäkään. "Where is your fog?" hän kyseli alussa kaikilta tapaamiltaan ihmisiltä. Sinä vuonna sumu kieltäytyi näyttäytymästä.

Ensimmäinen kaupunkiin tutustuminen tapahtui maan alla. Tytöt sukelsivat Undergroundin sokkeloihin, eksyivät ja viettivät siellä sitten koko iltapäivän, vaellellen kuin muinaiskristityt katakombeissa. He vaihtoivat junaa ehtimiseen, saapuivat Queen's Parkiin ja totesivat sen umpikujaksi. Sitten ajelivat pitkään, kunnes tuli eteen Cockfosters, linjan pää. Piti taas tehdä täyskäännös. He käväisivät Upminsterissä, Watfordissa, Mordenissa, totesivat ohi mennessään, että Tooting Broadway ja Tooting Bec olivat varmaan rattoisia paikkoja, vaihtoivat Elephant Castlessa ehtimättä kummastella, mistä paikka oli saanut sellaisen nimen, alkoivat väsyä ja ihmetellä, näkisivätkö enää koskaan päivänvaloa. Asemia ja nimikilpiä vilahti ohi, ihmiset riensivät joka puolelle kiireisinä ja määrätietoisina. Ritvalla ja Päivillä ei ollut enää aavistustakaan siitä, mihin he olivat menossa. Underground oli loputon labyrintti, jonka sokkeloissa he taivaltaisivat, kunnes kenenkään siihen mitään huomiota kiinnittämättä lysähtäisivät uupuneina käytävän nurkkaan ja jäisivät sinne myöhään iltapäivällä työstä kotiin kiiruhtavan virastotyöläisjoukon jalkoihin tallaamana. Sitten tapahtui ihme. Tottenham Court Roadin leppoisalla asemalla he oivalsivat, että sitä kautta pääsisi vaivattomasti sekä keskikaupungille että takaisin omaan, rauhalliseen esikaupunkiin, Edgwareen, missä katuja reunustivat omakotitalot torkkuivat vieri vieressä pienine puutarhoineen. Keskikaupunki ei torkkunut koskaan. Oxford Circus, Marble Arch, Green Park, Piccadilly Circus elivät omaa elämäänsä vuorokauden ympäri ummistamatta silmiään.

Kerran jyvälle päästyään tytöt kiertelivät iltaisin ja vapaapäivinään näitä ympyröitä, levottomina ja uteliaina. Kaduilla vilisi värikkäitä hahmoja: sotisopaan sonnustautunut afrikkalainen heimopäällikkö tai sarissa sipsutteleva intialaisnainen eivät herättäneet sen enempää huomioita kuin Vaasan kadulla popliinitakkinen perheenemäntä.

Kun herra Miller tuli raskaan työpäivän päätyttyä kotiin, hän ja rouva olivat rauhan tarpeessa ja söivät illallista lasten kanssa takkatulen lämmittämässä olohuoneessa katsoen televisiota. Kun he olivat kotona, Päivillä oli vapaailta. Talo oli pieni, olohuonetta lämmitti vain takkatuli kylminä talvi-iltoina. Oli harvinaisen kylmä talvi. Pakkanen jäädytti vesijohdot ja makuuhuoneissa pysyi hengissä vain kuumavesipullon lämmittämässä vuoteessa paksujen peittojen alla. Englantilaiset olivat niihin aikoihin vielä vakuuttuneita siitä, että heidän saari-ilmastonsa on lauha ja keskus-lämmitys tarpeeton. Päivi ymmärsi pian, että perhe-elämä oli kodikkaampaa, jos hän lähti iltaisin kokonaan omille teilleen. Joskus hän meni elokuviin, mutta useimmiten joko yksin tai Ritvan kanssa kansainvälisen opiskelijanuorison harrastamaan tanssiklubiin. Päivistä tuli taas yöperhonen. Illat olivat täynnä monenkirjavia, pintapuolisia tutustumisia. Kutsuja milloin italialaisen opiskelijan kanssa oopperaan, milloin englantilaisen iskelmälaulajan kanssa ravintolaan, jossain välissä koirien laukkakilpailuissa, sitten intialaisen opiskelijan daamina sariin kietoutuneena, epätodennäköisenä vaaleana intialaisena naamiaisissa. Elokuvakäsikirjoitusten tekijä, 40-vuotias Tony, huomasi Päivin naamiaisissa ja pyysi puhelinnumeroa. Tony oli määrätietoisempi kuin Päivin nuoret ulkoiluttajat, vei tytön upeaan poikamiesasuntoonsa ja ryhtyi päättäväisesti rakastelemaan. Siitä seurasi painimisottelu, jonka Päivi voitti: hän kiemurteli liukkaasti kuin sisilisko milloin Tonyn kainaloiden alitse, milloin kokonaan suuntaa vaihtaen säärien yli milloin mitenkin. Tonylla ei ollut raiskaajan kutsumusta ja painimisottelu alkoi lopulta häntä naurattaa. Hän totesi, ettei Päivistä ollut seksikumppaniksi ja he erosivat "ystävinä".

Päivi oli myös koko ajan laihdutuskuurilla ja teki sen niin perusteellisesti, että lakkasi syömästä melkein kokonaan. Hän halusi muistuttaa Audrey Hepburnia ja lähimmäksi tätä päämäärää hän huomasi pääsevänsä paastoamalla. Ensi vaikeuksien jälkeen se sujui oikein hyvin ja hän tunsi olevansa sitä voimakkaampi, mitä vähemmän hän söi. Alitajunta sanoi: "Ellen syö mitään, mikään ei syö minua." Jospa voisi muuttua höyheneksi.

Aina vain aineettomampana hän liihotteli iltaisin kaikenlaisten tanssittajien viemänä—mikään niin painava kuin kiintymys tai edes fyysinen vetovoima ei tullut kysymykseen ja sekin oli vapauttavaa.

Mario, italialainen opiskelija katsoi Päiviä ja sanoi: "You are a cross between a kitten and a butterfly." Jotain sellaista hän siinä vaiheessa muistutti, lapsiparka. Elämä kiisi ohi kuin nopeutetut mykän elokuvan vikkelästi liikkuvat hahmot: allegro, staccato, presto.

Farssi.

Rouva Miller seurasi sivusta Päivin kiepsahtelevaa elämää suurkaupungin pyörteissä ja suhtautui hyväntahtoisesti hymyillen solkenaan soivaan puhelimeen, jossa joka viikko vaihtuvat miesäänet monenkirjavin aksentein kysyivät Päiviä.

Rouva Millerin päivät kuluivat tasaisesti ja säännöllisesti. Hänellä oli hyvä aviomies ja kaksi pirteää lasta, Susan ja Stephen. Hän ei odottanut elämältä mitään sen merkillisempää. Suomalainen au pair oli kyllä lapsellinen mutta luotettava ja lapset pitivät hänestä. Sehän oli tärkeintä. Rouva Miller jutteli tällaisia ystävättärilleen ja naureskeli niitä kaikenkarvaisia puhelinsoittoja, joita satoi Päiville.

Päivin kokemus Englannista jäi yhtä horisontaaliseksi kuin Lontoon kaupunki—kirjavaksi ja moninaiseksi ja pintapuoliseksi. Ainoa syventämisyritys tapahtui Undergroundissa. Hänen kielitaitonsa edistyi nopeasti, mutta rajoittuneesti, eikä englanti sen enempää kuin

saksakaan vienyt häntä ollenkaan lähemmäksi min-
käänlaista ajattelua muistuttavaa.

Mutta suurkaupungin rytmi sai aikaan sellaisen
vauhdin, että keväällä ennen Suomeen paluuta Päivi
pyysi isältä matkarahoja sen verran enemmän, että riit-
täisivät mutkaan Pariisin kautta. Ritvalla oli siellä tut-
tavia, opiskelijapoikia, jotka lupasivat kirjeessä toimia
oppaina tytöille.

Pariisi. Se ei ole mikä hyvänsä kaupunki. Siitä voi tehdä
luettelon: museot, kirkot, teatterit, Eiffel-torni, Riemu-
kaari... Ja niin edespäin. Taideaarteet, historian sedi-
mentit. Tai sitten irrationaalinen, maaginen kangastus. Haih-
tuvia kuvia, salamannopeasti välähteleviä visioita. Eso-
teerinen paikka, jonne Päivi saapuu hakemaan kohta-
loaan, odottaen jonkinlaista tunnussanaa, avainta, joka
avaisi oven tuntemattomaan.

Pariisi, jossa nykyisyys ja menneisyys elävät rinnak-
kaiseloa, jossa Päivi on yhtaikaa siellä ja täällä, lähellä
itseään ja samalla hyvin kaukana. Hän on vapauttavan
anonyymi, hukkuu väkijoukkoon ja kuitenkin juuri
siksi on kokonaan oma itsensä, intensiivisen vapaana
kaikista yhteisöä kahlitsevista säännöistä.

Kun juna puuskutti Gare du Nordille keväällä, Päivi
oli lumotussa tilassa. Pariisi oli ennen kaikkea riemas-
tuttavuuden tunteen herättävä nimi, kuten Proustille
aikoinaan Venetsia. Nimen sisään mahtuivat uneliaana
virtaava Seine, sen rannoilla käyskentelevät ikuisesti
rakastuneet pariskunnat, Notre Dame ja siniusvainen
ilmapiiri.

Marcel oli niin eläytynyt Venetsian kuvittelemiseen, että sen nimi oli hänelle todellisempi kuin hänen oma, puutteellinen elämänsä, ja sen perusolemus oli aivan toista laatua. Jotta nimeen tunkeutuminen olisi ollut mahdollista, oli Marcelin itsensä kemiallisesti muutettava olemuksensa täksi puhtaammaksi aineeksi, joka oli siitä merkillinen, että se oli täysin erilainen kuin jokapäiväinen elämä sellaisena kuin sen elämme. Marcel yritti niin sinnikkäästi muuttaa ruumiinsa yhtä puhtaaksi kuin kuvittelemansa Venetsian nimi, että tuloksena oli huimauksen tunne ja epämääräinen tarve oksentaa. Hän oli ponnistellut liian intensiivisesti, sairastui korkeaan kuumeeseen ja matka oli peruutettava.

Päivillä ei ollut Proustin mielikuvitusta, joten nimeen sisälle astuminen sujui vaivoitta. Päivi ja Ritva sijoittuivat isäntiensä vuokraamaan, taitekaton alla olevaan hotellihuoneeseen, jossa oli kukalliset sängynpeitteet. Päivi pomppi innoissaan sängynpeitteellä: Pariisissa näkyi olevan kaikki, mitä hän oli nimeen sijoittanut, jopa vielä enemmän, ja paljon ihmisiä, jotka puhuivat sointuvaa kieltä. Se helisi kuin musiikki—helisi vielä kauniimmin juuri siksi, ettei siitä ymmärtänyt mitään. Ranskalaisilla oli sointuva ääni ja puhe hiveli korvia. Sisällön täytyi olla sekä puhdasta runoutta että lopullinen Totuus.

Päivistä alkoi tuntua, että siinä ilmapiirissä ja sillä kielellä ajattelu olisi—ei vain mahdollista—vaan jopa sallittua, ehkä kerrassaan yleisesti hyväksyttyä. Kun hän sitten kesäkuun auringossa, ujojen isäntiensä johdattelemana, tutustui nähtävyyksiin, vaikutelma vain vahvistui. Kahviloiden terassit olivat täpötäynnä ihmisiä, jotka vaihtoivat ajatuksia kiihkeän tuntuisesti. Sorbonnen ympärillä jännittyneet ja vireät opiskelijat odottivat tenttien tuloksia, ja Seine virtasi täsmälleen oikeaan suuntaan, likaisenruskeana kuten kotikaupungin joki, mutta elinvoimaisena ja määrätietoisena, rannat bukinistien kansoittamana. Saint-Louisin saari kellui siinä kannattaen Notre Damea ja lukemattomat julkiset rakennukset esittivät parasta puoltaan kesäauringon valossa.

Minä haluan tulla tänne takaisin ja oppia kielen, päätti Päivi. Hän oli itsepäinen kuin aasintamma tai keskiverto suomalainen, joten seuraavan talven hän eli ennen kaikkea tätä päätöstä silmällä pitäen.

VI

Suomi oli alkanut tuntua Päivistä yhä ahtaammalta ja uneliaammalta. Koulutovereihin ei ollut enää minkäänlaista yhteyttä ja hän oli saanut lopullisesti tarpeekseen kotikaupungistaan ruskeine jokineen. Hän löysi pienipalkkaisen sihteerin työn Helsingistä, ja asettui väliaikaisesti asumaan Aino-tädin luo.

Tämä oli ollut isän veljen vaimo ja ystävystynyt äidin kanssa. Jo vuosia sitten oli tullut avioero ja isän veli oli painanut väsyneen päänsä uuden, kodikkaan ja sopuisan vaimon povelle. Aino-täti oli kiihkeä ja lujatahtoinen, suuripiirteinen ja sivistynyt. Hän oli 50-vuotiaana parhaassa iässään ja kietoi voimakkaan vartalonsa itse kutomiinsa tyylikkäisiin villaleninkeihin. Selkeäpiirteiset kasvot olivat määrätietoiset ja eloisat, ja hänen tahtonsa liikkui pieneen kaksioon kerääntyvän nuorison yllä kuin Jumalan henki vetten päällä. Hän piti pientä hoviaan ylväänä kuin kuningatar, tietoisena siitä, että siinä sitä versoili Suomen Taiteen Tulevaa Parhaimmistoa. Ainoa poika, Matti, oli lupaava kuvanveistäjä.

Kaksio oli pieni, keittokomerolla varustettu. Se oli oikeastaan jo täynnä Päivin saapuessa. Täti ja Matti-serkku nukkuivat suuremmassa huoneessa. Ja sinä vuonna ennakkoluuloton täti oli ottanut siipiensä suojaan Elinan, erään Suomen hallituksen jäsenen raskaana olevan tyttären. Sanaa yksinhuoltaja ei vielä tunnettu suomen kielessä ja tilanne oli hankala. Elina oli paennut vanhempiaan eikä jostain syystä siinä vaiheessa voinut tai halunnut mennä naimisiin tulevan lapsen isän, tunnetun runoilijan kanssa.

Päivi jakoi pienemmän huoneen vähitellen pyöristyvän ja mietteliään Elinan kanssa, muttei koskaan tohtinut kysyä tältä mitään hänen elämäänsä koskevaa. Elina oli vain pari vuotta Päiviä vanhempi, mutta tuntui kovin aikuiselta: tietävältä ja arvostelevalta. Seuraavana vuonna Elina kuitenkin avioitui runoilijansa kanssa ja he saivat toisenkin lapsen, ennen kuin Elina teki avioliitosta ja elämästä lopun hyppäämällä neljännen kerroksen ikkunasta kadulle.

Sinä loppukesän päivänä Päivi, kissanpoika, tupsahti tupaan hetkeksi lepäämään seikkailuistaan, katsoi paikat, hankasi ohimennen selkäänsä vastaan tuleviin sääriin, valppaana, korvat höröllään, valmiina tarttumaan leikkipalloihin, joita siellä lenteli ilmassa, tunsi olonsa kotoisaksi, asettui olemaan, kehräämään. Siellä oli otollinen ilmapiiri kissanpojan kehittyä.

Iltaisin ahtaaseen kaksioon mahtui paljon taiteilijanuorisoa. Talon alakerrassa oli Matin ystävän, kuvanveistäjä Antin, ateljee. Hän kävi syömässä ja iltaa viettämässä tädin luona. Usein tuli myös Sari, taiteilijan taimi hänkin, Matin kurssitoveri Ateneumissa. Kuvanveiston sijaan hän sanoi oikeastaan haluavansa kirjoittaa. Sari oli boheemi. Hänen naurunsa helisi ja kimalteli, kun hän ravisteli pitkää, paksua tukkaansa joka puolelle, kapinallisena liikaa järjestystä vastaan. Joskus kävi myös jo tunnettu Kirjailija Helsingissä käydessään. Päivi kunnioitti erikoisesti kirjailijaa. Oli ilmeistä, että tämän ammatti oli sen laatuista, että se vaati Ajattelua. Hän jopa ujosteli tätä vähän. Kirjailijalle Päivin kaltaiset otukset olivat ilmeisesti uutta, mutta hiukan ihmetellen hän hyväksyi tämän.

Syyskuussa Päivi kävi silloin tällöin muodon vuoksi osakuntien järjestämissä tansseissa, mutta ikävystyi pian lattiajumputtamiseen harvapuheisten insinöörintai ekonomintaimien kanssa. Pian hän oli erottamaton osa ryhmää, joka kokoontui iltaisin Töölön kaksioon. Siellä leikittiin aina jotain. Pelattiin korttia. Päivi ei koskaan ennen sitä tai sen jälkeen ollut kiinnostunut siitä puuhasta. Mutta tämä pelaaminen olikin aivan erikoista: siihen liittyi mystisiä riittejä ja vain sisärenkaan hallitsema leksikko. Jos pelaaja oli eri mieltä kuin muut, hän teki "rosentin". Voittaja sai kaulaansa Antin veistämän merkillisen puupalikan, muodoltaan yhtä ainutlaatuisen kuin tarun yksisarvinen. Sen nimi oli Mäyhä. Palikka vaihtoi omistajaa vain silloin, kun sisärenkaaseen kuuluvat olivat kaikki paikalla: Elina, Sari ja Päivi — Matti, Antti, Kirjailija ja vielä Ateneumia käyvä Jyrki. Silloin sovellettiin kaikkia peliin brodeerattuja ylimääräisiä sääntöjä ja oltiin juhlallisia kuin mummot kirkossa. Kirjailija esitti olettamuksen, että palikka oli taikaesine, joka luultavasti tuotti omistajalleen onnettomuutta.

Päivillä ei ollut koskaan ollut yhtä hauskaa. Nämä leikit olivat toista kuin ne kotileikit, joita hän pienenä oli joutunut kestämään serkun kanssa. Taiteesta puhuttiin ohimennen ja Päivi kuunteli tarkkaavaisesti. Kuten Ajattelua, hän kunnioitti ehdottomasti myös Taidetta.

Matin ja Antin välillä oli luja ystävyyssuhde, joka perustui heidän täydelliselle vastakohtaisuudelleen sekä taiteilijoina että ihmisinä.

Matti oli tummakulmainen ja terävä, älyllinen ja ironinen, luomistyössään itsekritiikin piinaama, pannen koko ajan kaiken kyseenalaiseksi. Oli aikoja, jolloin hän kuljeskeli vaikean tuntuisena ja tummanpuhuvana, hautoen ideaansa, joka ei suostunut kypsymään, siirtymään käsin kosketeltavaksi muodoksi, veistokseksi. Hänen särmikkyyttään ja epäilyksen varjoja täynnä olevaa luonnettaan täydensi Antin välitön ja herkästi reagoiva persoona. Antti oli valoisa paitsi silloin kun suuttui—vähäksi aikaa. Mutta leppyi taas heti ja unohti koko asian, mikä se sitten olikin.

Antilla ei näyttänyt olevan luomiskriisejä: hän muovasi savea, hakkasi marmoria, veisteli puuta, näennäisesti koskaan empimättä, kädet tietävinä ja varmoina. Tulosta tuli tasaisesti ja voimakkaasti. Käsistä kumpuili aaltoilevia tai kulmikkaita muotoja yhtä luonnollisesti ja ennakolta arvaamattomasti kuin Suomen järvimaisemat ovat järjestäneet pykäläiset poukamansa ja ilmeikkäät saarenrantansa.

Matin käsistä lähti pienikokoisempaa ja hienosäikeisempää jälkeä, giocomettiläistä ahdistuksen sublimointia, herkkiä hahmoja. Kerran hän teki kukon, jolla oli hento kaula. Matin harmiksi kaula laski 0,9 senttiä joka yö sen sijaan, että olisi pysynyt ylpeänä pystyssä niin kuin kukolle kuuluu. Kunnes Matti keksi laittaa kukon koipiin terästuen. Kun Matin sisäinen lukko avautui ja hän sai ilmaisun käyntiin, varjot väistyivät ja hän lasketteli leikkiä, kiusoitteli Päiviä, pikkusiskoa, töniskeli kuin iso koira kissanpentua. Päivi oli oikeastaan mielissään — hänellä ei ollut omasta takaa kiusaa tekevää isoveljeä. Oli kodikkaampaa sillä tavalla.

Päivillä oli mahtavat ja täysin epämääräiset päämäärät eikä aavistustakaan siitä, miten niihin voisi päästä. Aseena olivat vain tahdonvoima ja lapsellinen uhkarohkeus. Hän ei edelleenkään syönyt paljon mitään — oli eteerinen ja hento ja eli juuri sen takia suuressa voimantunnossa; leijaili kaiken aineen yläpuolella, siitä riippumattomana.

Sitä paitsi hän säästi suurimman osan pientä palkkaansa Pariisin matkaa varten. Hän oli pitkän hakemisen jälkeen löytänyt halvan vuokrahuoneen Kaivopuistosta. Vuokraemäntä oli leski, joka antoi vuokralle kaksi huonetta tarpeettoman suureksi tulleessa huoneistossaan. Suuremman huoneen asukas oli kolmekymppinen Kirsti, sihteerin ammattia harjoittava naimaton, pyöreä ja iloluontoinen nainen. Hänen huoneensa oli aurinkoinen ja viihtyisä, ikkunasta merinäköala. Päivin pimeä huone oli käytävän toisella puolella, näköala takapihalle ja kalustus askeettinen. Siitä Päivi viis välitti — isä ei häntä enää avustanut mitenkään ja pääasia oli säästäminen Ranskaan menoa varten.

Mutta Kirstin kävi sääliksi Päivin surkea asuminen ja hän otti tavakseen kutsua tämän sunnuntaiaamuisin omaan huoneeseensa aamukahville. Se oli ainoa kerta viikossa, jolloin Päivi söi kunnolla. Kirsti oli pehmeä ja hereästi naurava—kuin tuore vehnänen. Hän valmisti suuren määrän herkullisia kinkku- ja kurkkuvoileipiä. Sunnuntaiaamuisin Päivi unohti paastoamisen, rentoutui ja pysyi hengissä näiden kerran viikossa tapahtuvien mässäilyjen ansiosta.

Kun isä tuli Helsinkiin, hän muisti, että hänellä oli siellä tytär. Päivin suhteen isä hoiti vanhemman velvollisuutensa siten, että soitti hänelle Helsingissä käydessään ja tarjosi hänelle lounaan Vaakunassa, jossa hän asusti. Isä istui siellä jonkun ystävänsä kanssa. Ystävä katsoi Päiviä ja sanoi: "Jos minulla olisi tuollainen tytär..." Hän ei lopettanut lausettaan, mutta positiivinen sävy hätkähdytti Päiviä. Oli siis vaihtoehtoja hänen omalle isälleen? Siis "jos", mitä hän olisi tehnyt? Päivin mielikuvitus ei riittänyt arvaamaan mahdollisuuksia. Isä toisteli tavanomaista vakaumustaan siitä, ettei tytöistä ollut hyötyä. Se meni Päivin toisesta korvasta sisään, toisesta ulos, tottuneesti. Isä ei koskaan selittänyt, minkälaista vaivaa tytöistä ja nimenomaan Päivistä olisi ollut. Hän yritti olla niin vaivaton kuin mahdollista. Istui kiltisti, söi vähän ja oli helpottunut, kun pääsi takaisin kirjoituskoneen viereen.

Kaivopuistoon muutettuaan Päivi jatkoi iltojen viettämistä tädin luona—suuntasi sinne suoraan töistä kuin kotiinsa, itsestään selvästi, ollenkaan kysymättä, oliko kenelläkään mitään sitä vastaan. Ja pian siellä oli tekemistäkin. Täti, joka pyrki johdattelemaan nuoria, oli ehdottanut, että Antti tekisi Päivin mallisen kipsipään, joka annettaisiin lahjaksi sairastelevalle äidille. Siitä olisi äidille seuraa, kun Päivillä olisi täysi tekeminen oman elämänsä suunnittelemisessa. Ja niin tehtiin.

Joten Päivi tupsahti kaksioon joka iltapäivä, kun Antti oli vielä alakerran ateljeessaan, vilkaisi tullessaan peiliin varmistaakseen että työväline—kasvojenpiirteet—olivat kohdallaan. Pian Antti tuli syömään, tarkisti huoneen ja kävi tutkimassa kukat pöydällä maljakossa, katsahti terälehdet sormenpäillään hypistellen, niin että olivatko ne oikeita ja hyvänlaatuisia kukkia.

Päivi söi illallista Antin kanssa, nokki kuin lintu lihanpalaa, katsoi epäluuloisena lusikallista puolukkahilloa, tiedä vaikka siitäkin olisi voinut lihoa. Mikä pelottava ja kauhistuttava ajatus: muuttua hyllyväksi, pehmeäksi, ääriviivattomaksi massaksi! Jonkinlaiseksi jättiläisameebaksi. Varsinkin illalla syöminen oli vaarallista—ruoka muuttuisi yöllä nukkuessa ällöttäväksi rasvaksi, joka pian peittäisi sen oikean Päivin, joka niin kovin yritti päästä esille. Sen aineettoman, jolla paradoksaalisesti olisi tarpeeksi voimia pitääkseen puoliaan maailmassa. Antti katseli Päivin nokkimista ja alkoi itsekin myötätunnosta syödä vähemmän, mutta täti selitti, että Antti tarvitsi voimia ja piti syödä paremmin.

Illallisen jälkeen he menivät yhdessä töihin alakertaan. Päivi kiskoi punaisen villapuseron korkeaa kaulusta alas ja istui sitten liikkumattomana pöydällä kuin pylväspyhimys, uljaana pää pystyssä ja katse suunnattuna kohti tulevaisuutta ja Pariisia. Antti hahmotti ja muotoili, silitti ja taputteli savea. Katsoi aina välillä mallia; tarkkaili, tutki, huomasi—ikuisti.

Luomisprosessissa kipsipäällä ja Päivillä oli seuraavanlainen vuorovaikutus: sen sijaan, että kipsi olisi yhä enemmän muistuttanut Päiviä, tapahtuikin niin, että mitä enemmän työ edistyi, mitä ilmeikkäimmäksi selkenivät piirteet kipsissä, sitä enemmän Päivi alkoi muistuttaa sitä. Ja keväällä kuvan valmistuessa Päivi oli jokseenkin luonut nahkansa—muuttunut selkeämmäksi ja valmiimmaksi. Yhdennäköisyys oli nyt täydellinen. Loppuilta kului joko korttia pelaten (jos sisärengas sattui olemaan täysilukuisena paikalla) tai jutellen. Eräänä iltana Antti ja Matti tekivät pilapiirroksia. Tuli Päivin vuoro. "Ei Päivistä voi tehdä", sanoi Matti, mutta tekaisi kuitenkin käden käänteessä osuvan kuvan: tikkumaisen laihan olennon viilettämässä pitkin harppauksin hurjaa vauhtia käsilaukkua heilutellen. Antti oli mustanpuhuva, julmistui kun hänen malliaan näin kohdeltiin. Hän uhkasi käydä Matin kimppuun. Päivi nauroi. Liika kurvikkuus olisi ollut vain tiellä. Mitä virtaviivaisempi oli, sitä helpommin halkoi tuulta ja pääsi etenemään. Hän myös käveli aina turhan kovaa vauhtia. Oli kiire—se näkyi kävelemisessäkin. Oli selvää, että jos meni kovaa vauhtia, pääsi nopeammin päämäärään. Mikä se sitten olikin.

Talvi-illat kuluivat rattoisasti Töölössä. Alkutalven pikkupakkasten heliseminen kääntyi vähitellen takatalven patarumpujen kumahteluksi. Päivi paleli. Hyytävä tuuli mereltä päin lävisti ensin paksun talvitakin ja meni sitten luitten ytimiin, kun hän odotti raitiovaunua Mannerheimintiellä palatessaan iltaisin Kaivopuistoon nukkumaan. Pimeäkin tietysti oli melkein koko ajan, muttei

se Päiviä häirinnyt. Hänet lannisti pakkanen. Matti-
serkku huomautti naljailevalla tavallaan: "No kun sinä
Päivi olet niin laiha."

Kevättalvella Päivi törmäsi lumisohjoisella Esplanadil-
la Jariin. Puut ojentelivat anovasti paljaita käsivarsiaan
kalpeansinistä taivasta kohti: anna jo kevätvaatteet. Ne-
kin olivat saaneet tarpeekseen palelemisesta. Jari ja Päivi olivat kotoisin samasta kaupungista.
Koulutansseissa Jari oli tanssittanut Päiviä säännöl-
lisesti pari kolme kertaa, hiljaisena ja jäykkänä. Päivi
tiesi, että heidän vanhempansa tunsivat toisensa, ei
muuta. Pitkä poika, kömpelön tuntuinen edelleenkin.
Nyt hän oli Helsingissä lakia lukemassa. Asianajajaisä
oli niin määrännyt. Jarille erityisen rakas äiti oli kuol-
lut nuorena; uusi äiti ei ollut koskaan ollut hänestä sen
kummemmin kiinnostunut. Ja Jari vihasi opintojaan.
Nyt hän kertoi. Hän tarvitsi avartavaa, luovaa työtä ja
nyt hänet tahdottiin sulkea kuiviin lakipykäliin.

Jarista sai sen vaikutelman, että hän oli aina vähän
kohmelossa, ei pessyt hampaitaan, eli vastoin tahtoaan.
Häneltä pääsi vähän väliä käheä, pirulliseksi tarkoitet-
tu naurun pyrskähdys, joka äkkiä katkesi kesken. Sen
takana olivat liian lähellä kyyneleet, jotka oli pakko
kätkeä. Jarilla oli hoikka, sopusuhtainen vartalo, sään-
nölliset piirteet, aistillinen suu ja suhteettoman korkea
otsa. Mutta Jari oli riidoissa ruumiinsa kanssa, ei suh-
tautunut siihenkään suopeasti. Hän oli kapinoimassa
koko maailmaa vastaan.

Mutta Päiviä hän alkoi kutsua pikkusiskoksi. Jari
kuului siihen romanttiseen mieslajiin, joka jakoi naiset

madonniin ja huoriin. Huorien luona hän kävi eloste-
lemassa, hukuttamassa epätoivoaan. Siellä irstailtiin,
kaikki yhdessä mylläkässä. Naiset olivat hämäräperäi-
siä, paheen kuluttamia, riettaasti nauravia, häpeämättö-
miä ja aina alastomia, kylmälläkin ilmalla. Päivillä oli
hyvin hämärä käsitys siitä, mitä siellä tapahtui. Jotain
sellaista sen täytyi olla. Jarin kaunis sielu itki sen kaiken
keskellä, mutta epätoivo oli pakko hukuttaa jonnekin.
Hän asetti Päivin siihen toiseen kategoriaan.

Jari oli ollut koululehtensä musiikkiarvostelija ja oli
käynyt oppilasnäytöksissä, joita Päivin soitonopettaja
järjesti keväisin kaupungintalolla esitelläkseen edis-
tyneitä oppilaitaan. Päivi oli ottanut osaa pari kertaa,
mennyt tottuneesti lavalle, niiata niksauttanut, soit-
tanut sitten hermostumatta huolellisesti harjoitellun
sonaatin. Se oli ollut Päiville osa elämän rutiinia, eikä
kukaan ollut siitä hänelle puhunut. Mutta nyt Jari sanoi,
että Päivin tulkinnat olivat olleet herkkiä, kertoi ilmoit-
taneensa sen koululehdessään. Päivi oli välttänyt huo-
lellisesti paatosta, säännöstellyt, mitannut, antanut
osansa hiljaisuudelle, jalat säästeliäinä pedaalilla. Ma
non troppo. Allegro, ma non troppo. Andante, ma non
troppo. Grave, MA NON TROPPO. Ei mitään sibelius-
suomalaisia vellomisia.

Viimeisenä keväänä Päivi oli soittanut Chopinin Nok-
turnin no. 15 F-mollissa. Soitonopettaja oli huomannut
sen hänelle sopivaksi, tuntenut hänet pienestä asti,
tiennyt hänen kykynsä ja rajoituksensa. Vaistomaisesti
Päivi oli elänyt sen empivät teeman toistot. Varovaista
kyselyä, lyhyet juoksutukset juuri ja juuri hänen tek-
niikkansa ulottuvissa. Elämä nupussaan — sitä oli hellä-

varoen, kärsivällisesti, suojeltava myrskytuulilta, jotta
se vähitellen uskaltaisi puhjeta kukkaan, kaikki mah-
dollisuutensa toteuttavaan. Sonaatti oli kulkenut kuin
kysymys: onko se mahdollista? Toistoa, toistoa, lopulta
liueten, laueten, rauhoittuen. Seesteisyys. Hiljaisuus.
Niin, Chopinin Nokturni no. 15. Sen soidessa Päivi oli
aavistanut kaiken tämän. Mihin oli jäänyt musiikki? Se
oli kaukana nyt. Piano oli jäänyt isosiskolle—ei enää
sonaatteja.

VII

Töölössä oli käynnissä matkasuunnittelu. Sari ja Päivi olivat päättäneet lähteä yhdessä Ranskaan. Sari oli jo matkustellut omalla tavallaan — enimmäkseen liftaamalla ja Italiassa. Se oli hänen maansa ja kielensä. Sarin ääni oli kuin luotu italian puhumiseen: se aaltoili musikaalisesti nousten ja laskien. Päivi oli varma siitä, että Sari osaisi hengittää oikein sitä Pariisin ilmaa, jonka ainutlaatuisuudesta hän oli vakuuttunut. (Päivin puolustukseksi täytyy sanoa, että siihen aikaan Pariisissa oli vielä ilmaa pakokaasujen sijasta.)

Oli kesäkuun alku. Viimeisen yön ennen lähtöä Päivi vietti Jarin kanssa. Jostain ilmestyivät vanhanaikaiset, hevosen vetämät ajurinrattaat ajureineen. Niissä he kolistelivat lauhassa kesäyössä ympäri hiljaista Helsinkiä ja viettivät loppuyön Jarin boksissa. Samassa sängyssä, mutta eipä huolta: Jari ei koskenut pikkusiskoon. He nukkuivat.

Aamulla Päivi oli virkeänä Kaivopuistossa lähtövalmiina. Omaisuus mahtui yhteen matkalaukkuun. Oli matkaliput, pieni ja vaivalloisesti säästetty matkakassa ja perillä Pariisissa Sarin tuttava, Marja. Päivi ei tullut kysyneeksi, mitä Marja teki Pariisissa, mutta oli tyynen luottavaisessa mielentilassa ja varma siitä, että kaupunki ottaisi hänet ystävällisesti vastaan.

Tytöt matkustivat halvalla: ensimmäisen yön tanssien toisten nuorten kanssa Tukholman laivan kannella, hiukan torkahdellen aamuyöstä kansituoleilla. Ja sitten suoraan junalla etelään kohti Saksaa.

Saksassa heidän tiensä erosivat toistaiseksi. Päivi jäi Aacheniin vierailemaan siellä avioituneen Ritvan luo. Tällä oli jo pieni poika ja hänestä oli hyvää vauhtia tulemassa elämäänsä tyytyväinen perheenäiti. Aviomies Kurt oli valmistautumassa insinööriksi ja hänellä oli ystävä, Volker, joka halusi näyttää Päiville maisemia.

Päivi asettui epämääräiseksi ajaksi asumaan pienen Aachenin mahtavan tuomiokirkon varjossa kyyhöttävään matkustajakotiin. Tuomikirkko oli hallinnut maisemia Kaarle Suuren ajasta lähtien, kun Aachen oli keisarikunnan pääkaupunki. Se seisoi siinä kuin tuhatvuotinen tammi, syvälle maahan juurtuneena. Sen varjossa oli hyvä levätä hetki, valmistautuen ottamaan vastaan Notre Damen mahtavuutta.

Aika oli Päiville joustavaa ainetta—sitä voi aina tarvittaessa venyttää siten, että muodostui pehmeä, löyhä tasku, jossa voi viivytellä tarpeen mukaan niin kauan kuin halutti. Ja sitten sen taas otollisella hetkellä voi pingottaa kimmahtamaan kireäksi ja tiiviiksi, nopeammaksi ja kalliimmaksi.

He ajelivat kaikki neljä autolla Reinin rantoja sen linnoja katsomassa ja laulelivat:

Trinkst du mal Wein vom Rhein,
gib acht auf den Jahrgang!
Küsst du ein Mägdelein,
gib acht auf den Jahrgang.
Der Wein muss alt und jung das Mädel sein!

Typerä renkutus. Kaiken kaikkiaan Päivillä ei ollut mitään selkeästi tiedostettua Saksaa vastaan. Kaikki oli taas kodikasta: gemütlich — Bier trinken — und Rheinwein. Jokin hänessä ei hyväksynyt sitä kodikkuutta. Teki mieli kinastella, inttää vastaan. Tuli yhtä mittaa sellainen olo, että oli liikunnan tarpeessa, vaikka olisikin liikuttu koko päivä.

Volkerilla oli teknillisten opintojen lisäksi yleissivistystä: hän puhui kauniisti äidinkieltään ja osasi myös jonkin verran ranskaa. Hän kertoi kerran väitelleensä jonkun ranskalaisen kanssa Hitleristä. Ettei tämä sen pahempi ollut kuin ranskalaisten oma Napoleon, joka hänkin oli ollut suuruudenhullu, paljon sotinut ja yrittänyt valloittaa koko Euroopan ja vielä muitakin mantereita, kun oli alkuun päässyt. Volker sanoi ranskalaisen suuttuneen. Päivi ei ollut koskaan ajatellut tätä politiikan alaa koskevaa kysymystä, mutta reagoi jostain syystä ilman muuta vertausta vastaan. Saksassa hän aina ennemmin tai myöhemmin muuttui vastarinnankiiskeksi.

He kävivät sitten kylässä Volkerin vanhempien luona Wuppertalissa. Vanhemmat olivat etäisen ystävällisiä ja huolestuneen tuntuisia. Päivi oli viereisessä huoneessa, kun hän kuuli Volkerin isän valittavan, että pojassa oli se vika, että hän aina kiinnostui jostain erilaisesta. *Etwas anders.* Päivi arvasi sillä kertaa olevansa se "etwas anders" ja olisi halunnut mennä vakuuttamaan, ettei ollut huolen aihetta: hän oli lähdössä pois, muuttolintu, istahtanut vain hetkeksi levähtämään oksalle. Ja sitten hän lopulta lähti, pienentyneine matkakassoineen ja ranskan kielen taidon rajoittuessa muutamiin iltakursseilla opittuihin ilmauksiin. Mutta Volkerin isä antoi hänelle auliisti ja ilmeisen helpottuneena suosituskirjeitä pariisilaisille liiketuttavilleen, jotka ehkä auttaisivat Päiviä löytämään työtä.

Ja taas hän istui junassa, joka puuskutti Gare du Nordille, tällä kertaa elokuun alussa. Marjan piti olla vastassa asemalla. Siellä vilisi ihmisiä, muttei ketään suomalaisen näköistä tyttöä, joka olisi näyttänyt odottavan häntä. Siitä huolimatta Päivi pysyi tyynenä Pariisin harvinaisen ilman vahvistamana.

Junassa hän oli jutellut saksalaisen nahkahousuisen Hansin kanssa, joka tuli Pariisiin turistina. Hans antoi hänelle nuorisoyömajan osoitteen, jossa voi viettää yön yhdellä frangilla. Päivillä ei ollut suuria vaatimuksia hotellien suhteen ja hän suunnisti suoraa päätä yömajaan. Henkilökunta koostui yhdestä mustasta miehestä, joka johdatti hänet "makuuhuoneeseen". Se oli suuri, synkkä sali: muutamia pukkisänkyjä ilman lakanoita seiniä vierustamassa ja jostain käsittämättömästä syystä keskellä lattiaa flyygeli. Ovessa ei ollut lukkoa ja peseytyä voi kylmällä vedellä kohtuullisen likaisen vessan käsialtaassa. Eihän yhdellä frangilla voinut kaikkia mukavuuksia vaatia, ja sitä paitsi Päivi nautti siitä etuoikeudesta, että oli sillä hetkellä "hotellin" ainoa asiakas. Ja tietoisuus siitä, että hän oli Pariisissa, riitti kohottamaan mielialaa.

Käytävässä hän törmäsi uniseen "hotellinjohtajaan".

Sattui myös, että joku aukaisi makuuhuoneen oven keskellä yötä herättäen Päivin, mutta sulki sen taas heti. Hän hätkähti, mutta veti sitten huovan korviin ja nukahti taas. Kaiken kaikkiaan Päivillä oli oma rauha. Aamulla hän suunnisti Volkerin isän antamiin osoitteisiin. Päivi ymmärsi kaikesta rämäpäisyydestään huolimatta, että hänen olisi pian jotenkin ansaittava elatuksensa, jos halusi pysyä hengissä. Vaikka hän oli tottunut elämään hyvin vähällä ravinnolla ja hotelli oli halpa, matkakassa hupeni nopeasti. McDonaldseja ei vielä ollut pilaamassa maisemia, joten silloin tällöin hän uskaltautui halvalta näyttävään ravintolaan ja tökkäsi sormensa umpimähkään osoittaen ruokalistalla jotain halpaa ja söi sitten yllätyksenä, mitä sattui samaan. Milloin pari riutunutta, öljyssä uiskentelevaa sardiinia, lautasellisen spagettia, jos hyvin sattui, joskus vain muutamia yksinäisen tuntuisia tomaatinviipaleita, jotka jäivät turhaan odottamaan niitä sääntöjen mukaan seuraavaa pääruokalajia. Jos oikein hyvin onnistui, kiikutti tarjoilija Päivin eteen juusto- tai sienimunakkaan, joiden avulla hän taas jaksoi vaeltaa monta tuntia. Useimmiten Päivi kuitenkin lepäsi yksinkertaisissa katukahviloissa. Hän osasi myös sanoa sujuvasti "un café".

Lopulta hän keksi barbaarin juhla-aterian, täydellisen pyhäinhäväistyksen: kinkkupatonkivoileivän ja kupillisen kaakaota. Sellaisen jälkeen oli taas energiaa loppupäiväksi. Kaikkeen tottuneet pariisilaiset tarjoilijat kiidättivät hämmästymättä ja tyylikkäästi, erehtymättömin ja ketterin liikkein, merkilliset ja sääntöjen vastaiset tilaukset barbaaritytön eteen. Heillä oli silmissään tyypillinen verhottu ja liikkumaton katse, ja vain hiukan tavallista ylimielisempi halveksunta. Päivi totesi tilanteen, muttei antanut sen häiritä itseään. Hänellä kun oli suuret suunnitelmat ja tärkeä päämäärä.

Eleettömän pohjoismaalaisen näkökulmasta ranskalaisten käyttäytyminen on teatraalista—vähän kuin aina näyttämöllä, selvästi lausuen elehtien. Katukahviloiden tarjoilijoissa tämä piirre on erikoisen hyvin esillä. Tarjoilija liioittelee: kiitää pöydästä pöytään, tarjoten vähän liian ylhäällä, liikkeet liian ripeät ja sulavat, pöydän pyyhkäisy liian tehokas, asiakkaan puhuttelu liian innokas. Toisin sanoen: "näette kai miten teen pilaa tästä touhusta—näyttelen osaa, joka ei ole minä."

Päivin Pariisissa oleskelu ei ollut ollenkaan samanlaista kuin ensimmäisellä vierailulla vuotta aikaisemmin. Silloin oli ollut kesäkuu, Quarter Latin vilissyt opiskelijoita ja oli vallinnut juhlatunnelma. Nyt elokuussa kaupunki oli merkillisen autio.

Päivi oppi metron reitit, mutta käveli myös kilometrikaupalla pitkin puolityhjiä katuja. Tyhjyyden tuntua lisäsi se, että hänelle annetut osoitteet olivat asumakaupunginosissa (Neuilly, Parc Monceau...), joissa ei liikkunut turisteja.

Ilmeni vähitellen, että osoitteissa ei ollut ketään kotona. Kysymyksessä oli saksalaisia liikemiehiä tai insinöörejä, jotka harjoittivat ammattiaan Pariisissa ja joitten voi toivoa tarvitsevan saksan kieltä osaavan tytön

82

palveluksia jossain muodossa.

Päivi alkoi mennä ymmälle. Hän otti yleensä käytännöllisen elämän pikkuasiat niin kuin ne sattuivat itsensä tarjoamaan eikä helposti ihmetellyt. Mutta tällä kertaa arvoituksellisuus oli liikaa: miksi pariisilaiset olivat paenneet Pariisista? Oliko puhjennut sota, josta Päivi ei ollut kuullut puhuttavan ja joka oli pelottanut kaikki vauraiden kaupunginosien asukkaat pakenemaan? Tai uhkasiko Pariisia joku luonnonmullistus? Päivi yritti tulkita lehtikioskien edustaan kiinnitettyjen sanomalehtien otsikkoja, muttei löytänyt niistä mitään, mikä olisi julistanut lopullisen katastrofin olevan lähellä. Kaupungista pakeneminen oli tapahtunut salakähmäisesti ja selittämättömistä syistä. Päivillä ei siis ollut muuta vaihtoehtoa kuin jatkaa hedelmätöntä ovikellojen soittamista, törmäten suljettuihin oviin, joiden takana autiot asunnot elivät hiljaiseloa.

Metrossa hän oli oppinut ostamaan "un carnet", kymmenen lippua yhdellä kertaa, mikä tuli halvemmaksi kuin yhden lipun ostaminen kerrallaan. Metron käytävät olivat sokkeloisia ja Päivi vietti paljon aikaa niissä vaellellen, noustakseen maan pinnalle päivänvaloon vain silloin tällöin kuin myyrä kaivamistaan turvallisista käytävistä.

Metroasemien nimet: Sablons, Miromesnil, Malesherbes soivat korvissa käsittämättöminä ja juuri siksi melodisina, täynnä sanomatonta viehätystä kuin keskiaikainen mysteerinäytelmä. Päivi löysi alituista inspiraatiota metron kartasta. Nimiin kätkeytyi huikeaa runoutta: Monceau—pehmeää villa johon voi uppoutua raukeana kuin höyhenpatjaan; Muette—pääskysen lento taivaan sineen; Grenelle—hiukan kirskahtava mutta kuitenkin pehmeästi putoavaa ja vaaratonta, kun taas Reamur Sebastopol, Barbes-Rochefouart, Denfert-Rochereau olivat mukulakivisiä ja piikkilanka-aitojen rajoittamia keskitysleirejä, särähteleviä nimiä, joiden kohdalla Päivi huolellisesti vältti pinnalle nousemista. Madeleine ja Etoile lupasivat valoisaa, turvallista ja avaraa oloa, Sèvres-Babylone pistävää kuin neula, jossa oli myös suuren sekasorron vaara, kun taas Clichy ja Pigalle olivat kevytmielisiä, epäilyttäviä ja pikantteja—suippoja ja liukkaita. Niissä oli luisteltava varovasti ja katsottava mihin panisi jalkansa. Ja välistä joukkoon astui henkilökohtaisesti Franklin D. Roosevelt, mahtipontisena ja vaikutusvaltaisena, tai itse St. François-Xavier, tyrkyttämässä itsepäisenä japanilaisille kristinuskoa.

Kun Päivi varovasti putkahteli maanpinnalle maanalaisilta vaelluksiltaan, hän kuunteli viehtyneenä kieltä, joka helisi kirkkaana kuin kulkunen joulukirkkoon ajaessa.

Kaupungissa oli vielä joitakin katastrofin jälkeensä jättämiä ihmisiä, jotka olivat ehkä kiintyneet kotikaupunkiinsa, päättäneet jäädä sinne odottamaan varmaa tuhoa, tai joilla ei ollut varaa paeta mihinkään. Nämä jäljellä olevat jatkoivat ihmeellisen rauhallisina ja puheliaina askareitaan. Päivin korville keskustelun sirpaleet olivat yhtä auvoisaa kuunneltavaa kuin urkujen soitto hurskaalle sydämelle. Hän tuli hartaalle mielelle.

"Il va pleuvoir demain, c'est sûr", (huomenna sataa ihan varmasti), sievä lause, allegro serioso. Jo dramaattisemmalla sävyllä ilmaistu: "C'est épouvantable, combien la vie a augmenté", (on kamalaa kun hinnat ovat nousseet niin paljon), andante. Ja aivan haltioituneena hän kuunteli, kun sattui pyhän kiihkon vallassa olevan mieshenkilön kohdalle, joka lausui puhdasta runoutta: "Elle est emmerdante, cette putain de voiture qui refuse de démarrer!" (Helvetin paskamainen tuo auto, kun sitä ei saa käynnistettyä), forte. Kaikissa ilmauksissa oli niin stimuloiva sointi, että Päivi oli varma siitä, että ranskan kielestä hän löytäisi vastaukset kaikkiin oleellisiin kysymyksiin ja että sille oli sitä paitsi olennaista kaikkialla läsnä oleva runous. Toistaiseksi se oli kuin Verlainen määritelmä runoudesta: "de la musique avant toute chose" (ennen kaikkea musiikkia). Merkityksestä olisi saatava selvä mahdollisimman kiireesti. Mutta ilmassa oli varmasti jotain inspiroivaa, joka muutti ihmiset näin kertakaikkisen lyyrisiksi.

Käytännöllisessä mielessä Päivin vaeltelut olivat fiasko.

Viimeisestä osoitteesta hän lopulta löysi johtajan tyhjään kaupunkiin vahingossa jääneen sihteerin, saksalaissyntyisen madame de Breviairen. Monsieur de Breviaire oli manalle mentyään jättänyt leskensä ansaitsemaan toimeentulonsa yksin. Päivistä oli helpottavaa, kun tämä lempeä nainen näytti olevan kiinnostunut hänen ongelmastaan: että mihin hän voisi ryhtyä tyhjässä Pariisissa, kun rahat olivat melkein lopussa eikä hän edes osannut kieltä, mutta halusi kaikin voimin sitä oppia.

Madame de Breviaire selitti, että elokuu oli ranskalaisten lomakuukausi, ja että kaikki jotka kynnelle kykenivät, suuntautuivat kuukaudeksi meren rannalle tai vuoristoon virkistäytymään. Hän lähtisi itsekin muutaman päivän kuluttua maaseudun rauhaan Normandiaan.

Sitten hän totesi, että olisi parasta, jos Päivi hakisi matkatavaransa majapaikasta ja muuttaisi toistaiseksi hänen luokseen. Eihän hän loputtomasti voinut harhailla ympäri tyhjää Pariisia, joten Päivistä ratkaisu tuntui hyvältä. Hän haki matkalaukkunsa yömajasta ja asettui madame de Breviairen viihtyisään vierashuoneeseen, kävi kylvyssä ja pukeutui puhtaaseen kesämekkoon.

Madame de Breviairen koti oli valoisa ja aistikas. Oli silkkipäällysteisiä nojatuoleja ja siroja antiikkihuonekaluja. Päivi hyppäsi kylvyn jälkeen sänkyyn ja pompahteli iloisena kukallisen peitteen päällä, ihan niin kuin oli tehnyt hotellissa ensi kertaa Pariisiin päästyään—Pariisilla oli kerta kaikkiaan pompotteleva vaikutus. Elämä alkoi taas olla paljon hauskempaa.

Seuraavana päivänä soitti ovikelloa lounasaikaan Päivin junatuttava, nahkahousuinen Hans. Miten hän oli seurannut Päivin jälkiä madame de Breviairen luo, oli arvoitus. Mutta siinä hän nyt oli, suurena, äänekkäänä ja kömpelönä kuin elefantti lasikaapissa. Hänellä näytti olevan muutamia ylimääräisiä käsiä ja jalkoja, jotka olivat tiellä niin hauraassa ympäristössä. Mutta madame de Breviaire kutsui Hansin, maanmiehensä, lounaalle—madamen ystävällisyydellä ei ollut rajoja—mutta Päiviä tilanne nolotti ja hän oli helpottunut, kun poika lopulta lähti ja oli onnistunut olemaan rikkomatta mitään.

Sitten madame selitti, että hänellä oli Päiville työpaikka pariksi kuukaudeksi. Hänen ystävänsä, miehestään eronnut rouva, piti eräänlaista lastentarhaa. Vanhemmat, joilla oli liian aikaa vievä työ, tai yksinhuoltajaäidit, sijoittivat lapsensa madame Martinin luo Pariisin esikaupunkiin Ermontiin ja kävivät heitä tervehtimässä vain sunnuntaisin.

Madame Martin oli viisissäkymmenissä, liian työn ja huolien epäterveellisesti turvottama ja näännyttämä nainen. Hänellä oli väsyneet, toivonsa menettäneet silmät, hapsuttava tukka ja valkoiseen työtakkiin huolimattomasti kiedottu, muodoton vartalo. Hänen omat lapsensa olivat jo aikuisia. Vanhin tytär oli sairaanhoitajatar ja kaksi nuorempaa, tytär ja poika, opiskelijoita. Madamen mies oli hävinnyt maailman tuuliin ja nyt hänen oli pakko jotenkin ansaita elatuksensa ja kouluttaa lapsensa vaatimattomassa mutta tilavassa talossa, jonka takana oli puutarhatilkku. Yleensä Elisabeth, kahdesta tytöstä nuorempi, auttoi äitiään, mutta oli juuri nyt lähdössä kahdeksi kuukaudeksi Saksaan kieltä opiskelemaan.

Päivi lupasi olla apuna lasten hoidossa ne kaksi kuukautta. Madame de Breviaire oli opettanut Päiville lauseen, jonka hän opetteli ulkoa ja onnistui sitten jotenkin pompottelemaan ääneen kuin papukaija heti Madame Martinin tavatessaan: "Je-suis-heureuse-de-venir-vous-aider." (Olen iloinen siitä, että voin tulla teitä auttamaan.) Madame Martin ei osannut muuta kieltä kuin omaansa. Lause riitti alkuun ja Päivi asettui taloon.

Niin kauan kuin Elisabeth ja hänen veljensä olivat paikalla, asiat saatiin selvitettyä englanniksi tai saksaksi.

Sitten Päivi jäi yksin madame Martinin ja lasten kanssa ja oli vikkelästi ymmärrettävä sen verran ranskaa, että saatiin työt tehtyä. Juuri silloin lapsikatras oli seitsenpäinen: muutaman kuukauden ikäisestä Clairesta 7-vuotiaaseen, Martiniquesta kotoisin olevaan, maitosuklaan väriseen Patrickiin. Päivi kyllä piti lapsista sillä ehdolla, että niillä oli vanhemmat omasta takaa ja että ne osasivat esittää mielipiteitä. Hän ei parhaalla tahdollakaan koskaan pystynyt heltymään kuolaavista sylivauvoista. Tyttö ei ollut kovin käytännöllinen, mutta oli kiitettävää, että hän yritti parhaansa, arveli madame Martin. Joka tapauksessa Päivi selviytyi lastenhoitotyössä saamatta aikaan kovin paljon vahinkoa. Mutta yli tunnin kestävät illalliset puutarhassa lämpiminä kesäiltoina tuntuivat hänestä loputtomilta.

Talossa oli muutaman viikon täysihoidossa englantilainen opiskelija, joka halusi käytännön harjoitusta ranskan kielessä, ja hän sitten puhua pälpätti tosiaan koko ajan. Päivi tunsi jäsentensä puutuvan vähitellen jalon kielen soidessa käsittämättömänä hänen korvissaan. Madame Martin nauroi kohteliaasti pojan jutuille, mutta tunnusti jälkeenpäin että tämä oli rasittava ja puhui mahtipontisesti koko ajan väärin.

Illallisten jälkeen istuttiin olohuoneen pöydän ääreen ja madame opetti Päiville kielioppia. Tässä puuhassa hän eteni paljon nopeammin ja helpommin kuin lasten kaitsemisessa, ja madame oli sitä mieltä, että Päivin olisi paras kirjoittautua lokakuussa suoraa päätä Sorbonneen opiskelemaan. Tämä ajatus tuntui miellyttävältä—Sorbonnehan oli ajattelukeskus mikäli hän oikein tiesi. Mutta se tuntui ylittävän Päivin kyvyt siinä vai-

88

heessa: kahden kuukauden jokapäiväisen harjoittelun jälkeen hän puhui vielä liian sekavasti ja puutteellisesti eikä ymmärtänyt kovinkaan paljoa. Selitti että jotain lasten vammaa varten tarvittiin "de l'eau sale" (likaista vettä) kun kysymyksessä oli "de l'eau salée" (suolaista vettä). Sorbonnessa olisi syntynyt hankaluuksia ajattelun oppimisessa ja sanavarastokin oli pieni.

Kun vanhin tytär Marie tuli tervehtimään äitiään, syntyi kiihkeitä keskusteluja, jotka Päivistä kuulostivat riidoilta. Marie syytti äitiään jostakin. Madame Martin kuunteli syytöksiä alistuneena. Päivi oli hämillään ja hänestä tuntui, ettei hänen ulkopuolisena olisi sopinut kuunnella näitä riitoja, hän olisi mieluummin ollut jossakin muualla. Sisällöstä hän ei ymmärtänyt mitään; puhe ryöppysi nopeasti kuin konekiväärin suusta.

Mutta jälkeenpäin Marie selitti Päiville, miten hirveää oli, että hänen äitinsä joutui tekemään niin kovaa työtä. Tukala taloudellinen tilanne oli syntynyt yhtäkkiä – ennen avioeroa heillä ei ollut puutetta mistään. Perhe oli sivistynyt, kaikki harrastivat musiikkia ja piano oli käytöstä kulunut. Ainainen raataminen, suru ja rahan puute olivat parissa vuodessa kokonaan murtaneet madame Martinin. Marie näytti Päiville valokuvaa, joka esitti kukoistavaa, hyvin hoidettua, keski-ikäistä, vierasta naista. Se oli madame Martin kahta vuotta aikaisemmin. Nyt Päivi ymmärsi, että madamea oli todella kohdannut suuri onnettomuus. Hän ymmärsi myös, etteivät Marie ja hänen äitinsä riidelleet – Marie vain suri hillittömästi äitinsä kohtaloa ja kapinoi voimattomasti sitä vastaan. Madame kiintyi myös hellästi

kaikkiin kaitsemiinsa lapsiin ja hänen sydämensä sär-
kyi joka kerta, kun vanhemmat hakivat pois omansa.
Elämä oli todella kovaa.

Vähitellen Päivi ja madame pystyivät keskustelemaan
kaikenlaisista asioista. Päivi kertoi madamelle Suomes-
ta ja sai selitettyä suomalaisten omituisen saunariitin.
Madame innostui ja ehdotti, että tehtäisiin kokeilu:
korvikesauna kylpyhuoneeseen ja Päivi näyttäisi hä-
nelle miten se toimii.

Tuumasta toimeen. Paljolla kuuman veden lämmittä-
misellä saatiin kylpyhuone höyryä täyteen ja Päivi aset-
tui sinne ilkosillaan peseytymään selittäen koko ajan
hikoilemisen terveellistä vaikutusta. Madame katseli
vierestä kummallisen hämmästyneenä ja äkkiä hiljen-
tyneenä, ja lopulta Päiviäkin alkoi tilanne vaivata.

Hän oli kasvanut maassa, jossa sukupuolten rajat
olivat selvästi viitoitetut: naiset olivat kiinnostunei-
ta miehistä ja päinvastoin, niitä harvoja poikkeuksia
lukuun ottamatta, jotka olivat homoseksuaaleja. Niin
kuin Päivin soitonopettaja, pyöreä ja iloinen täti, joka
asui ystävänsä viulutaiteilijan kanssa, jolla oli matala
ääni ja hiukan miesmäinen persoonallisuus. Tämän
poikkeuksen tiesi koko kaupunki ja se oli yleisesti hy-
väksytty. Tytölle ei tullut mieleen, että tällä alalla voi
olla varjoisia alueita, joilla ääriviivat olivat epäselvät
ja seksuaalisuus hämyisempää kuin siinä viattomassa
Suomessa, jonka hän tunsi.

Kesti myös kauan ennen kuin hän oivalsi, että Rans-
kassa seksuaalisuus oli läsnä melkein kaikkialla. Hän
luuli, että mainos, joka esitti nautinnollisesti banaania
syövää nuorta naista, tarkoitti sitä, että tyttö piti banaa-

neista ja että ne olivat terveellisiä. Saunanteot jätettiin kuitenkin sen jälkeen pois päiväjärjestyksestä.

Lokakuussa Elisabeth kotiutui Saksasta ja Päivi lähti madame Martinin hoivista Pariisiin. Hän oli saanut yhteyden Sariin ja Marjaan, ja kirjoittautui Alliance Françaisen kielikursseille, jonne hän sitten suunnisti joka iltapäivä kuudesta seitsemään. Alliancessa törmäsi heti joka puolelta maailmaa tulleisiin nuoriin, ja Päivi sai hollantilaiselta tytöltä majapaikkaosoitteen. Tyttö oli asunut vuoden Neuillyssä, erään leskirouvan ullakkokamarissa. Vuokransa hän maksoi siivoamalla joka arkiaamu rouvan toisessa kerroksessa olevaa huoneistoa. Päivi lähti heti tiedustelemaan. Leskirouva Brun katseli Päiviä empien ja kysyi, oliko hän varmasti tarpeeksi vahva hoitaakseen työn. Madame Martinin luona oltiin kasvissyöjiä ja Päivi pyrki edelleenkin niin suureen aineettomuuteen kuin mahdollista. Hän alkoi jo olla mielenkiintoisen kalpea, mutta tunsi kyllä pystyvänsä mihin tahansa. Hän vakuutti madame Brunille, että hän kyllä jaksoi hyvin ja madame näytti hänelle ullakkohuoneen.

Se oli täydellinen: iso, upottava, marokkolaisella huovalla peitetty sänky, sähkölevy, juokseva kylmä vesi, pari kattilaa, vaatekaappi, tuoli ja sinertävänharmaa näköala yli Pariisin kattojen. Sekin, että kuudenteen kerrokseen oli kiivettävä talon ulkoseinää myötäileviä rautaportaita ja että vessa oli turkkilaismallinen, likainen ja käytävän päässä, kuului asiaan. Tässä asumisessa Päiviä ei häirinnyt mikään muu kuin se, ettei hänellä ollut kylpemisoikeutta kuin kerran kahdessa viikossa madame Brunin kylpyhuoneessa. Hän ei saanut koskaan tietää, oliko tämä järjestely voimassa siksi, että madame Brunin mielestä ulkomaalaiset opiskelijat elivät mielellään likaisina vai siksi, että madame itse peseytyi harvoin. Joka tapauksessa Päivi keksi ratkaisun: hän lämmitti pienessä kattilassa vettä joka aamu ja pesi sitten sen avulla itsensä kiemurrellen miten taisi läikyttäen vettä ympärilleen laattakivilattialle.

VIII

Päivistä tuli pariisilainen muutamaksi kuukaudeksi. Isä oli lähettänyt hiukan rahaa ja Päivi selvisi edelleenkin syömällä säästeliäästi. Alliancen kursseilla kielitaito edistyi nopeasti vaikkei sielläkään harrastettu ajattelua. Siellä vilisi varsinkin joka puolelta maailmaa tulleita nuoria naisia, joille kielen oppiminen oli usein tekosyy Pariisista nauttimiseen.

Kun Päivin oppitunti päättyi illalla seitsemältä, Rodinin massiivinen Balzac seurasi kiinnostuneena jonkin matkan päässä tapahtuvaa 1900-luvun inhimillistä komediaa. Boulevard Raspailin varrella sijaitsevan koulun pihalla oli parvi haukkoja valmiina pyydystämään ulos pyrähteleviä kanoja: pariisilaisia nuoria miehiä hakemassa seuraa illanviettoon. Pohjoismaalaisilla tytöillä oli sellainen maine, että heidät saa ihan helposti kuukahtamaan kumoon — ihan vain hiukan tönäisee ja heti kaatuu. Ei mitään väsyttäviä ja aikaa vieviä seremonioita, vikittelemisiä ja vokottelemisia. Ei tarvinnut muuta kuin mennä sieltä poimimaan vaan. Ilmankos oli tungosta illalla Alliancen pihalla. Lähestymistekniikka oli aina sama: "Vous êtes Suédoise? Vous êtes Allemande?" (Oletteko ruotsalainen? Saksalainen?)

Päiviä tilanne pisti vihaksi ja hän rupesi ihan yksin parsimaan tätä mainetta, kun tungettelevaisuus oli erikoisen häiritsevää. Keksi tapoja mukamas näyttää, että hän kyllä pysyy pystyssä, vaikka miten tönittäisiin. Kerran kolme nuorta miestä ehdotteli tarmokkaasti autolla ajelemista — sightseeing. Päivi tokaisi, että mennään vaan ja lähti kyytiin. Ei pukahtanut sanaakaan viiteen minuuttiin, kunnes sitten pyysi pysäyttämään auton. "Pourquoi?" "Minulle ajelu riitti nyt, kiitos vain, merci", sanoi Päivi ja jätti ällistyneet kavaljeerit ihmettelemään.

Kerran hän uskaltautui vielä pitemmälle. Hän suostui menemään tuntemattoman opiskelijanuorukaisen boksiin "kuuntelemaan musiikkia". Beethovenin 5. sinfonian soidessa he panivat toimeen erikoislaatuisen baletin: vaihdettiin tuoleja. Ti-ti-ti-taa — Päivi istui tuolilla ja poika kihnutteli itsensä vähitellen yhä lähemmäksi, lopulta hyvin lähelle, jolloin Päivi (ti-ti-ti-taa) automaattisesti nousi ja vaihtoi tuolia, lisäsi välimatkaa. He harrastivat tätä urheilua puolisen tuntia, kunnes poika totesi Päivin voittaneen ja antoi palkinnoksi Jacques Prévertin runot "Paroles", omistuskirjoituksella "Avec tout mon respect, Jacques". Poika tunnusti myös, että hänellä oli ollut ennakkoluuloja, mutta ymmärsi nyt, ettei liika yleistäminen sopinut. Seksuaalisuutta kun ei vieläkään ollut vapautettu kahleistaan ja kevytkenkäisiä naisia katsottiin karsaasti, joten Päivi oli tyytyväinen kuin suurestakin saavutuksesta — oli tullut todistettua jotakin.

Alliancen ala-aulan seinien maali rapisi vanhuuttaan.

Ulkona oli tavanomainen, tihkusateinen loppusyksyn iltapäivä. Ulkomaalaisen tytön varminta pukea kasvoilleen penseä ja kylmäkiskoinen ilme—viestittää varautuneisuutta. Aulassa maleksi kuten tavallista kaikenlaista väkeä, enimmäkseen kaikista Euroopan maista tulleita nuoria naisia ja heitä katsastelemassa paikallisia nuoria miehiä.

Päivi odotteli oppitunnin alkua Sarin kanssa. Kello oli vasta puoli kuusi, joten he kuljeskelivat edestakaisin ja juttelivat.

Yhtäkkiä, ilman ennakkovaroitusta, SE tulvahti pinnalle ja sai Päivin sädehtimään. Se oli onnentunne, ehdottoman autuuden mielentila. Tietoisuus siitä, mitä todella halusi: oppia kovaa vauhtia sitä täsmällistä kieltä, jossa oli *passé antérieur* (aikaisemman menneisyyden aikamuoto) ja aivan varmaan ajatuksen avain.

Sari huomasi Päivin tilan ja huomautti asiallisesti: "Päivi, älä ole tuon näköinen." Hän oli oikeassa. Aulassa kyttäilevät pojat tulkitsivat Päivin yksityisen haltioitumisen omalla tavallaan. Heitä oli pian tyttöjen ympärillä sankkana parvena. "Etes-vous Allemande? Etes-vous Suédoise?" Kutsuitko meitä? Siinä sitä taas oltiin. En kutsunut; ei tämä teille kuulu. "Laissez-moi tranquille."

Pariisissa piti kerta kaikkiaan oppia, ettei nainen julkisella paikalla hymyillyt ilman aikojaan.

Sari ei ollut Pariisissa ranskan kieltä oppimassa. Hän harrasti Saint-Germain-de-Près'in kahviloita, joissa velloivat epämääräisesti eksistentialismin jälkimainingit. Sielläkin tapasi joka puolelta maailmaa tulleita nuoria, jotka katselivat maailmaa ihan toisesta näkökulmasta kuin Alliancen hupakot. Yleensä he selittivät Pariisissa oleskelunsa syyksi etsimisen: "Je cherche". Etsiminen oli sitä, että he istuivat tuntikausia kahvila Bonapartessa, jonka yläpuolella olevassa hotellissa Sartre oli asunut. Siellä leijui ilmassa välttämättä syviä ajatuksia ja tämän seikan piti vaikuttaa hedelmöittävästi päämäärän saavuttamiseen. Tässä seurassa Päivin olo oli jo kotoisempaa, mutta hänelle jäi kuitenkin vaikutelma, että etsimisestä puuttui täsmällisyyttä. Joten hän ei koskaan oleskellut kovin kauaa näiden miellyttävien mietiskelijöiden seurassa. Piti oppia kieli.

Kun Päivi oli vielä madame Martinin luona alkusyystä ja oli silittämässä vaatteita iltapäivällä, tuli naapurin opiskelijapoika, Bernard, käymään. Hän kiinnostui Päivin silittämisestä ja he vaihtoivat muutaman sanan. Päivi selitti olevansa oppimassa ranskaa. Bernard opiskeli historiaa Ecole de Chartresissa ja asui talvella Pariisissa opiskelija-asunnossa. Berbardilla oli paljon tuuheaa, tummaa tukkaa ja suuret, haaveelliset silmät, lempeä ääni ja pyöreähkö olemus. Hän liikkui pienin, hiukan hermostunein askelin paikasta toiseen.

Päivin asetuttua pariisilaiseen ullakkohuoneeseensa, hän sai Bernardilta kohteliaan kirjeen. Hän oli Bernhardille "Chère Mademoiselle", jolle Bernard selitti, että hänen näkökantansa mukaan opiskelijoiden velvollisuus oli auttaa toisiaan. Joten hän tarjoutui auttamaan Päiviä kaikenlaisissa asioissa, joissa tämä mahdollisesti apua tarvitsi ja ehdotti tapaamista. Päiville tämä sopi oikein hyvin ja hän hyväksyi ilman muuta Bernardin ystävyyden.

Bernard kuljetti häntä teatterissa, museoissa ja Georges Brassensin konserteissa. Brassens oli miellyttävä. Hänellä oli suuret, riippuvat, alakuloiset viikset ja pohjattoman surulliset silmät. Hän lauloi elehtimättä omituiset laulunsa, ei pitänyt yleisölle pokkuroimisesta ja käänsi aina epäkohteliaasti selkänsä ja joi lasin vettä, kun taputettiin.

Bernard antoi Päiville nimipäivälahjaksi Petit Larousse -sanakirjan ja joululahjaksi suuren laatikon, jossa oli kuvakirja Pariisista, Maupassantin *Une Vie* ja Saint-Exupéryn *Le Petit Prince*. Pian Päivi sai myös Camusin romaanin *La Chûte* (*Putoaminen*). Tässä vaiheessa hänen kielitaitonsa riitti jo näiden lukemiseen, ja teoksiin nojautuen hän yritti edistyä ajattelemisen taidossa. Mutta jostain syystä ne eivät tuntuneet riittäviltä—puuttui yhtenäisyyttä ja kokonaisuudessa oli liikaa aukkoja.

Useimmiten he tapasivat Bernardin kanssa katukahviloissa, joissa he keskustelivat tuntikausia vakavista asioista kahvikupin ääressä. Bernard selitti elämänkatsomustaan: hänestä tulisi luultavasti myöhemmin kirjailija tai ainakin hän aikoi varmasti tehdä jotain mielenkiintoista. Hän tuomitsi ehdottomasti aikuiset, joiden tärkeimpänä huolena oli hyvin toimiva ruoansulatus. Tämä oli Päivistä mielekästä ja oli helppo olla Bernardin kanssa samaa mieltä. Bernard ilmaisi ihailevansa Päivin määrätietoisuutta ja opinhalua vaikeissa olosuhteissa.

He myös kuljeksivat ristiin rastiin Pariisin katuja, usein kylmässä tihkusateessa, keskustellen, asioita pohtien—kaksi vastakkaista, tosiaan täydentävää hahmoa:

Bernard pienin askelin, pyöreähkönä ja siistinä, Päivi pitkin askelin harppaillen, kuten aina kiireessä päästä jonnekin perille niin nopeasti kuin mahdollista, ohuena kuin oljenkorsi ja vähän nuhruisesti pukeutuneena. Bernard tunsi syyllisyyttä, kun osti itselleen solmion ja näki Päivin kulkevan aina samassa nukkavierussa takissa ja kuluneissa kengissä. Tytöllä ei ollut mukana kunnon talvitakkia. Hän oli aliarvioinut Pariisin talven ja kulki Marjalta saadussa, huonosti pidennetyssä talvitakissa. Päivi huomasi lopulta, että vaatetajuisena ranskalaisena Bernard oli hänen pukeutumisestaan paljon häiriintyneempi kuin hän itse. Päiviltä ei nyt riittänyt aikaa vaatteista huolehtimiseen, eikä sitä paitsi ollut rahaa ostaa uusia. Ajan mittaan jopa vakavamielinen Bernard oli ymmällään, kun ainoa asia joka Päiviä kiinnosti, oli sanan "réflexion" oikea käyttö.

Sarin kanssa Päivi kävi silloin tällöin katsomassa Marjaa. Tämä asui marokkolaisen filosofian opiskelijan Omarin kanssa tämän huoneessa Cité Universitairessa. Se oli täysin sääntöjen vastaista, mutta Marjan rakastettu opiskeli Nietzscheä ja oli kaikkien poroporvarillisten sääntöjen yläpuolella. Marja oli pyöreä, tuore ja punaposkinen kuin omena, kontrastina Omarin tummalle miehekkyydelle. Hän kävi joskus Omarin kanssa luennoilla ja kuunteli kuuliaisena tämän rajuja filosofioimisia. Omar oli herra talossa ja määräsi myös Marjan elämänkulun, joten lopulta Marja kirjautui Omarin määräyksestä itämaisten kielten kouluun opiskelemaan arabiaa, turkkia ja... suomea. Ensimmäisellä suomen tunnilla, kun opiskelijat yrittelivät kokeeksi lausua suomalaisia sanoja, Marjaa kuunneltuaan opettaja kysyi: "Mitä te täällä teette?" Marja selitti haluavansa oppia oman kielensä kunnolla ja sai jäädä. Näin hän oli opintiellä päämääränä kielten opetus.

Jouluaattona Sari ja Päivi silittivät traditioita vastakarvaan. He järjestivät oman, boheemin joulunvieton. Mukana oli Sarin opiskelutoveri, muutaman viikon ajan Pariisiin tutustumassa oleva taidemaalari, Erkki. Päivi teki voileipiä ja he ostivat peräti viinipullon. Kolmikko teki selvää niistä Päivin ullakkokamarissa ja lähti sitten ulos ihmettelemään pariisilaisten joulunviettoa. Ravintolat olivat täynnä mässäileviä ja iloisia, ostereita, hanhenmaksaa ja samppanjaa nauttivia ihmisiä. Oli ihan vapputunnelma. Pimeää kyllä, muttei mitään sellaista jouluyö-juhlayö hartautta kuin Suomessa. Iloista oli keskiyön messussakin, kirkko täynnä hiukan hälisevää kansaa. Näkyi että ranskalaiset osasivat todella ilostua Jeesuksen syntymästä.

Uudenvuodenaaton Päivi vietti henkilön seurassa, joka yritti säntillisesti seurata traditiota. Hän oli katukahvilassa tavannut Suomen lähetystön attasean, joka pyysi Päiviä seurakseen tämän rituaalin suorittamiseen. Kari oli joustava kuin heinäseiväs, ujokin varmaan. Hän käyttäytyi aina pilkulleen niin kuin diplomaatin tulee käyttäytyä, puhui virheetöntä ranskaa ja ikävystytti Päivin tykkänään.

Ensin he söivät illallista ensiluokkaisessa ravintolassa ja kouliintumattomasta maustaan huolimatta Päivi ei voinut olla huomaamatta, että ruoka oli erinomaista. Illallisen jälkeen he menivät katsomaan Casino de Parisin uudenvuoden showta. Päivistä tuntui kummalliselta, että hän nyt tämän harvasanaisen ja jäykästi käyttäytyvän nuoren miehen kanssa katseli, miten paljasrintaiset ja pariin höyheneen pukeutuneet tytöt hypähtelivät näyttämöllä.

Kari kävi järjestelmällisesti läpi koko uudenvuodenrituaalin: tasan klo 24 kaikki liikkeellä olevat autot, Kari mukaan luettuna, puhkesivat tööttäämään torviaan. Tuloksena oli korvia repivä kakofoninen konsertti. Jalankulkijat riemuitsivat, suutelivat toisiaan summanmutikassa yleisessä hurmiotilassa ja vallitsi suuri ilo. Päivi totesi että häneltä puuttui kyky ottaa osaa riitteihin. Mitä juhlimista siinä on, että vuosi (joskus tehdyn sopimuksen mukaan) muuttuu toiseksi, ihmetteli Päivi mielessään. Koko touhu tuntui mielettömältä. Se seurustelu loppui siihen—kumpikaan ei saanut aikaan keskustelua, eikä Päivi jaksanut puhumatta seurustella.

IX

Bernard kutsui Päivin oppilaitoksensa tammikuussa järjestämään vuosijuhlaan. Tytöillä oli määrä olla pitkä puku, jollaista Päivin vaatevarastossa ei ollut. Bernard vei hänet innostuneena tuttavan tytön luo, joka oli luvannut jalomielisesti lainata oman pukunsa. Päivi suostui kaikkeen ja sonnustautui häntä paljon tukevamman tytön loistavaan, siniseen iltapukuun—johon hän hukkui. Oli pienennettävä. Hameen omistajaparka oli hyväluontoinen ja vaikka tuntuikin vaivaantuneelta, suostui itse harsimaan hameen väliaikaisesti Päiville sopivaksi. Bernard touhusi heidän ympärillään ja oli juhlatunnelmissa jo edeltä käsin.

Kun suuri päivä koitti, Bernard kiipesi Päivin ullakolle, suunnisti heti vaatekaapille, löysi sieltä hänen siniharmaan kevättakkinsa ja tökkäsi sen tytön hartioille. Päivi oivalsi, että Bernardia oli tosiaan vaivannut hänen kulunut talvitakkinsa, vaikka hän urhoollisesti siitä huolimatta kuljetti tyttöä ympäri Pariisia.

Kaiken sateisilla kaduilla tarpomisen jälkeen oli ilta kuin tähdenlento—äkkihyppäys erilaiseen maailmaan, jossa järjestelmällistä opiskelua harjoittavat, perhepumpulin suojaamat porvarisperheiden lapset juhlivat yhteisten arvojen ympärillä. Historiantutkijat tanssivat. Ja Päivi pyöri samppanjakuplana, hymyillen ja huolettomana, vaikkakin hyttysenhentona. Bernard oli tyyty-väinen—hänelläpä olikin eksoottinen daami kavereille näytettävänä.

Näitten juhlien jälkeen Bernard alkoi selittää kantaansa heidän ystävyytensä suhteen. Hänen mielestään asia oli selvä: kun kaksi eri sukupuolta olevaa nuorta ih-mistä viettää tieten tahtoen paljon aikaa yhdessä, on normaalia, että he kiintyvät toisiinsa—toisin sanoen ovat rakastuneita ja menevät naimisiin. Tästä seurasi väittelyitä, jotka olivat hyvin kiusallisia Päiville. Hän kun ei ollut normaali.

Päivi yritti selittää, että piti paljon Bernardista, muttei tämä ollut sitä miestyyppiä, johon hän voisi rakastua. Päivillä kun oli hyvin kummallinen maku näissä asiois-sa. Eikä tämä ollenkaan tarkoittanut sitä, että Bernard olisi ollut mitenkään vastenmielinen. Päinvastoin.

Mutta Bernard oli 20-vuotias ja tämä oli hänen en-sirakastumisensa. Hän ei enää hallinnut tilannetta ollenkaan. Siitä huolimatta, että he tapasivat ainakin pari kertaa viikossa, Bernard alkoi kirjoittaa Päiville pitkiä kirjeitä, joissa hän selitti sekä omia tunteitaan että elämänkatsomustaan. Nuorukainen patikoi ympä-ri talvista Pariisia kiihtyneenä kilometrikaupalla, laih-tui huolestuttavasti ja sairastui lopulta romanttisesti keuhkokuumeeseen. Päivistä tämä oli eriskummallista ja ikävää, eikä hän osannut tehdä muuta kuin mennä katsomaan Bernardia sairaalaan ja pitää tätä kädestä. Tyttö ei ollut sen vanhempi, näytti aliravitulta teinity-töltä, mutta tunsi olevansa rakkausasioissa parkkiintu-nut veteraani.

Heidän suhteestaan oli syntynyt melodraama ihan Päivin tahtomatta. Hänen tahtomattaan? Niin hän ainakin itse arveli. Vai arveliko hän yleensä jotain? Hänen ongelmansahan oli nimenomaan se, ettei hän osannut ajatella. Joka tapauksessa hän vastaanotti kaiken, mitä hänelle itselleen tapahtui, kyselemättä, miettimättä oliko syntynyt sekasorto ehkä jotenkin hänen syynsä. Päivillä oli vain päähänpinttymiä. Hän sai jotain päähänsä ja puski eteenpäin tuumansa kantamana kuin höyryveturi, sivulleen vilkuilematta.

Lapsena, perheen vielä ollessa koossa, hän lähti joskus kesällä uimaan, suuntasi suoraan merelle, halusi uida taivaanrantaan asti, saavuttaa äärettömyyden. Vesi oli hänen elementtinsä, se kannatti ja myötäili, auttoi eteenpäin ja hyväili höyhenenpehmeästi. Sisko huusi häntä takaisin, mutta Päivi jatkoi matkaansa leuka pystyssä ollenkaan miettimättä, miten paluumatka sujuisi. Näin hän ryhtyi yleensä kaikkeen.

Tässä vaiheessa Päivillä oli parin viikon ajan Sari alivuokralaisena huoneessaan. Sarin vierailu oli pidettävä salaisuutena, sillä Päiviltä oli yövieraitten pito kielletty ja sääntöjen tottelemista valvoi la Concierge, pariisilainen instituutio, nykyään vähitellen sukupuuttoon kuolemassa. Yleensä la Concierge on häijyluontoinen, ikääntynyt naishenkilö, joka asuu pienessä, pimeässä ja pahanhajuisessa huoneessa ilman mukavuuksia pariisilaisten kerrostalojen alimmassa kerroksessa. Tällainen asuminen panee pahalle päälle.

Siinä talossa, jonka ullakolla Päivi asui, la Concierge siivosi porraskäytävän, vei roskat ulos aikaisin aamulla, kiikutti postin ylempiin kerroksiin, juorusi vuolaasti hyväksymiensä asukkaiden kanssa ja piti samalla tarkasti silmällä kaikkien tulemisia ja menemisiä. Päiviä hän vahti erityisen tarkkaavaisesti: ties mihin tuollainen ulkomaalainen, epämääräinen irtolainen voisi ryhtyä. Päivi oli siihen asti elänyt hyvin siivosti ilman minkäänlaisia yövieraita, mutta nyt Sarille oli tullut erimielisyyksiä perheensä kanssa, jossa oli asunut. Hän tarvitsi välttämättä yösijan.

Päivi kuljetti häntä salaa huoneeseensa: oli hiivittävä hyvin matalana la Conciergen lasioven ohi, ettei tämä huomaisi. Nainen oli epäluuloinen, mutta jotenkin tytöt aina onnistuivat pujahtamaan lohikäärmeen luolan ohi, ja Päivin sänky oli niin leveä, että he molemmat mahtuivat helposti nukkumaan siinä.

Juuri Sarin vierailun aikana myöhään koleana tammikuun iltana koputettiin Päivin ovelle kiivaasti. Tytöt katsoivat toisiaan säikähtäneinä. Se oli ihan varmasti la Concierge, joka tuli sättimään heitä sääntöjen rikkomisesta. Ei auttanut—lohikäärme oli otettava vastaan, vaikkei ollut minkäänlaista miekkaa sen taltuttamiseksi.

Mutta oven takana ei ollutkaan la Concierge vaan tuntematon, ilmeisen väsynyt, ahdistunut ja suunniltaan oleva keski-ikäinen nainen. Hän esitteli itsensä ja sanoi: "Olen Bernhardin äiti", ja katsoi epäluuloisena parivaljakkoa, tytöstä toiseen. Sari istui vielä täysissä pukeissa marokkolaisen sängynpeitteen päällä, kurkistellen kiinnostuneena pitkien, kapinallisten kutriensa alta yllätysvierasta. Hänestä huokui tavallista enemmän sitä boheemintuntua, joka viehätti Päivissä uinuvaa anarkistia. Päivi oli jo pukeutunut vaaleansiniseen pumpuliyöpaitaan. Hän oli hämmästynyt, mutta äkkiä hyvin suora ja taisteluvalmis.

"Kumpi teistä on mademoiselle Päivi?" kysyi vieras. Päivi myönsi olevansa. Leskiäiti oli ymmärrettävästi huolissaan poikansa terveydestä, oli ottanut selvää sairauden syistä, kiivennyt urhoollisesti jyrkät ulkoportaat kuudenteen kerrokseen ja oli nyt hengästyneenä valmis uhmaamaan kavalaa käärmettä hänkin. Tyttö oli niin yllättynyt, ettei huomannut pyytää vierasta istumaan ainoalle tuolilleen ja keskustelu käytiin vastakkain seisten.

Ja sitten koko kohtaus muuttui teatteriksi, jota toinen, Päivin ulkopuolelle siirtynyt minä, katseli ihmeissään ja irrallisena. Se ei voinut millään koskettaa häntä. Se sinisessä yöpaidassa oleva seisoi suorana kuin tinasotilas ja otti tyynesti vastaan tuli mitä tuli. Vieras ei ilmeisesti myöskään ollut kotonaan siinä roolissa, jota rakastavan äidin oli pakko esittää.

Päivin ranskankielen taito oli edelleenkin puutteellinen ja hän ymmärsi vain osittain puhetulvan. Kuudenteen kerrokseen kiipeäminen oli ollut väsyttävää ja tehtävä tuskallinen, joten nainen hermostuksissaan kaatoi syytöksensä Päivin päälle kuin likaveden sangosta. Päivi ymmärsi, että hän oli kevytmielinen letukka, oli kiusannut Bernardia ja oli vastuussa tämän vakavasta sairaudesta. Se yöpaidan ulkopuolella tilannetta tarkasteleva Päivi järjesti vastaukset siististi suuhun, ja kun se onnistui soluttamaan muutaman sanan syytöstulvan keskelle, se ilmoitti pitävänsä paljon Bernardista—ilmoitti heidän olevan ystäviä ja että Päivi oli hyvin pahoillaan Bernardin sairastumisesta, muttei ollut mitenkään siitä vastuussa. Päivi, syyllinen toisen ihmisen sairauteen? Olivatko hänen kovassa maailmassa selviytymistä varten rakennetut puolustusmekanisminsa johtaneet näin kieroon tilanteeseen? Maailmassa vallitsevat lainalaisuudet. Ihmiset hankkivat lapsia, linnut laulavat, luonto harrastaa uudelleensyntymistä. Kun talven selkä taittuu, kevät kiskottelee, oikoo jäseniään, sipsuttelee vaivihkaa paikalle, kapsahtaa siitä kypsäksi kesäksi, josta raukeaa rauhaisasti seesteiseksi syksyksi, kunnes topakan tuhtina tomeroi talveksi. Näin ihmiselämässäkin. Periaatteessa. Päivillä oli tunne, ettei hän ollut oikeastaan vielä syntynytkään. Jos Maailma hänestä näytti sotkuiselta ja järjenvastaiselta, hän oli varma siitä, että se oli hänen vikansa. Jos hän vain oppisi ajattelemaan, ilmestyisi hänelle ominaisuuksia ja syntyisi sopusointu.

Toisaalta se, että Bernardin äiti leimasi hänet huonoksi naiseksi, oli laukaus, joka meni kokonaan ohi maalin. Sillä vaikka Päivi luuli Mummun ankaran uskonnollisuuden valuneen itsestään kuin vesi hanhen selästä, hänen sisäänrakennettu moraalikoodinsa seurasi siitä huolimatta suurin piirtein kymmentä käskyä. Siis hyvin suurin piirtein.

Päivillä ei ollut minkäänlaista kiusausta ruveta kumartelemaan jumalankuvia tai lausua turhaan Herran nimeä. Hänen puheensa oli siistiä ja hän sanoi enintään "voi sentään", kun jokin meni hullusti. Lepopäivän pyhittämisessä ei ollut vaikeuksia, ja isän ja äidin kunnioittamisessakin hän teki parhaansa. Kun sen käskyn sisältö oli epämääräinen, hän voi ainakin niin uskoa.

Hän ei varmastikaan tappanut, eikä koskaan edes varastanut mitään. Hänellä ei myöskään ollut mitään halua sanoa väärää todistusta lähimmäisestä, oli liian harvapuheinenkin sellaiseen. Mitä lähimmäisen huoneen, härän tai aasin himoitsemiseen tulee, siinä ei ollut pienintäkään vaikeutta Päivin kohdalla. (Häntä ei häirinnyt se, että Jumala kielsi himoitsemasta lähimmäisen vaimoa. Toisen aviomiehen himoitsemista ei kielletty. Tarkoittiko tämä sitä, että käskyt oli annettu vain miehille ja naiset saivat jatkaa rauhassa synnissä rypemistä? Päivi ei ollut tullut ajatelleeksi tätäkään ongelmaa. Raamatun naisnäkökulmasta lukeminen olisikin jo aihe sinänsä, emmekä voi siihen tässä puuttua.)

Päivi oli myös yleisen luterilaisen tavan mukaan lisännyt muihin vielä yhdennentoista käskyn ja oli varma siitä, valehteleminen oli pahasta. Joten hän valehteli mahdollisimman vähän ja vain silloin, kun tilanne teki sen ehdottoman välttämättömäksi.

Mutta ainoa todella ajankohtainen tuntui nuoren naisen elämässä olevan huorin tekemisen kielto. Jo itse sanakin oli ruma ja pelottava, ja äidin vuosien takainen kauhistuminen oli jättänyt jälkensä.

Bernardin kanssa Päivi oli tuntenut olonsa turvalliseksi siltä kannalta: se oli ystävyys. Antin mallina pöydällä istuminen oli ollut edellisenä talvena hänelle sopiva seurustelumuoto. Ei mitään häiritsevää ja sotkuista ja syyllisyyttä aiheuttavaa läheisyyttä. Kaikki oli puhdasta ja selväpiirteistä. Käskyissä ei ollut sellaista, jossa olisi kielletty platoninen ystävyys. Päivi oli nyt kokonaan hämmentynyt.

Bernardin äidin ja Päivin näkökanta oli niin erilainen, että molemmat puhuivat kuuroille korville. Joten sanottuaan mitä hänellä oli asiaa, Bernardin äiti oli ilmeisen uupunut ja lähti väsyttyään seisomiseen. Päivi taas oli epätavallisen tärähtäneessä tilassa, edelleenkin kuin kahtia jakautunut, siitä huolimatta että hän Sarin mielipiteen mukaan oli käsitellyt tilanteen arvokkaasti. Päivi oli ollut täysin kykenemätön selittämään naiselle moraalikäsitystään. Eihän hän ollut koskaan sitä tehnyt selväksi itselleenkään—luovi vain elämän vastatuulessa ja ristiriitojen karikoissa miten taisi: vasempaan, kun piti yrittää välttää sisäänrakennettuja, esiin putkahtavia syyllisyydentuntoja tai esteitä yleensä, oikeaan ja eteenpäin täysin purjein kun myötätuuli vei mukanaan. Joten oli mahdotonta löytää minkäänlaista yhteistä pohjaa ajatustenvaihdolle ranskattaren kanssa, jonka näkökanta perustui niihin joustamattomiin koodeihin, joihin hän uskoi.

Sen enempää tilanne ei enää kärjistynyt. Päivi oli ollut helpottunut, kun Bernard toipui vähitellen ja heidän suhteensa jatkui jotensakin entisellään kolhaisuista huolimatta.

X

Alliance Françaisessa tapasi kaikenlaisia ihmisiä. Lopputalvella Päivi tutustui siellä amerikkalaiseen Bobiin, joka oli 29-vuotias, pelasi tennistä ammatikseen hyvän kunnon ylläpitämiseksi ja maailman kiertelemiseksi, mutta sanoi oikeastaan haluavansa kirjoittaa. Bobilla oli punainen urheiluauto, joka oli Päivistä hassu. Hän oli tottunut siihen, että Suomessa autot olivat harmaita kuten kaikki muukin. "Why is it red?" hän kysyi. Bobista kysymys oli funny, mutta hän oli reilu eikä ilkkuileva kuten ranskalaiset tyttöjen metsästäjät, joten Päivi meni mielellään hänen kanssaan tanssimaan.

Oli harvinaisen lauhkea helmikuu ja lämpimiä, kevättä ennustavia iltoja. He kävelivät sinertävässä yössä Seinen silloilla, ja tuokion verran joskus Pariisi tuntui jopa sellaiselta heppoiselta romanttiselta, jona naistenlehtien hajuvesimainokset sen esittävät.

Bob oli siinä iässä, jolloin ammattiurheilijan on päätettävä, kannattaako jatkaa. Hän ei ollut huippuluokan pelaajia ja alkoi tuntea itsensä liian vanhaksi siihen hommaan. Joten amerikkalaisella vauhdilla ja järjestelmällisyydellä hän alkoi suunnitella elämänmuutosta: jättää pelaaminen kokonaan, palata Kaliforniaan auttamaan isäänsä tämän liiketoiminnassa ja... viedä Päivi mukanaan vaimokseen. Noin vain. Päivi ei tosin ottanut tätä viimeistä suunnitelman osaa kovin vakavasti. Ja sitten Bob huristi punaisella autollaan Italiaan tennistä pelaamaan ja piti sieltä käsin kirjeyhteyttä Päiviin.

Sitten Päivin terveys alkoi horjua. Hän oli pitkän aikaa elänyt aliravittuna, Pyhän Hengen kannattamana, mutta nyt elimistö alkoi antaa merkkejä väsymyksestä. Kuukautiset olivat lakanneet jo pari kuukautta sitten, mikä ei Päiviä ensin häirinnyt ollenkaan, pikemminkin päinvastoin. Olipa sekin hankaluus poissa. Nyt hän kuitenkin meni lääkäriin.

Lääkäri kehotti häntä riisuutumaan. Päivi oli hämillään. Kokonaanko? Ihan kokonaan. Sitten hänen oli mentävä selälleen kylmälle metallipöydälle ja makasi siinä kuin kala perattavana. Vaikka lääkäri jutteli ja kyseli rauhallisesti, Päivistä tilanne oli epämukava. Oliko Päivi ollut aina yhtä laiha, lääkäri kyseli miettiväisen näköisenä. Ei, ei ollut. Päivi ei ruvennut selittämään, miten kovaa vaivaa hän oli nähnyt päästäkseen siihen tilaan.

Kuukautiset saatiin järjestykseen ruiskeella, mutta sitten Päivin valtasi uupumus, joka painoi päälle ihan varoittamatta. Piti kerrassaan jäädä sänkyyn. Se, että hän harvoin mitään söi, kostautui lopulta — ruumis alkoi vaatia osaansa.

Uupumuksen päälle tuli se oivallus, että hän oli kuolevainen. Se asia oli äkkiä selvää ja konkreettista. Ei enää minkäänlaista epäilystä siitä. Olihan Päivi kuullut asiasta puhuttavan jo ennenkin. Että kuolema tästä jokaiselle seuraa ennemmin tai myöhemmin. Muttei ollut sitä asiaa nimenomaan huolehtinut omalta kohdaltaan, kun niitä muita ongelmia tuntui olevan niin paljon. Nyt kuolema poksahti siihen, kuin korkki veden pinnalle, niin ettei muuta voinut enää ajatella ollenkaan. Se oli ainoa asia, josta voi olla varma. Eikä mitenkään enää sellaisessa utuisen kaukaisessa tulevaisuudessa, jossa se ikään kuin liukeni olemattomiin, häipyi kaukaiseen usvaan, ei oikeastaan ollut olemassakaan.

Itse asiassa se oli ollut piilossa tietoisuuden talon alimmassa kellarikerroksessa, jonne ei ollut koskaan asiaa, kaiken sellaisen vanhan romun keskellä, jolle Elämässä ei ollut mitään käyttöä: hämähäkinseittien peittämien ruostuneiden ruuvien ja muttereiden, rikkinäisten kottikärryjen, jalattoman korituolin, vanhojen aikakauslehtien vuosikertojen ja kauan sitten kirjoitettujen pölyisten päiväkirjojen kanssa. Siellä se kyyhötti unohdettuna, yksinäisenä ja palelevana, odottaen kärsivällisesti aikaansa, joka varmasti tulisi ennemmin tai myöhemmin.

Mutta Päivin luona tietoisuus kuolemasta kyllästyi äkkiä kellarissa asumiseen. Se kiipusti sieltä muina miehinä ylös portaita, hiippaili kevyesti ja äänettömästi Elämän kerrokseen verryttelemään puutuneita jäseniään. Täysin sopimattomana, säädyttömänä ja tahdittomana. Untimely — incongrue.

Se sijoittui asumaan peiliin ja ilkkui sieltä Päiville joka kerta kun hän yritti katsella kalpeita ja väsyneitä tytönkasvojaan. Se ilmoitti olevansa talon vakinainen, säännöllisesti vuokransa maksava asukas eikä sillä ollut enää mitään aikomusta hyväksyä epämukavaa pimeässä ja kosteassa kellarissa asumista. Sanoi myös maksavansa veronsa siinä missä muutkin ja omaavansa oikeuden päivänvalossa asumiseen. Toistaiseksi se viihtyi peilissä. Siihen asti peili oli ollut Päiville kiintopiste paremman puutteessa. Hän yritti ammentaa sen pinnasta sitä turvallisuuden tunnetta, jota ei muualta löytänyt. Tarpeen vaatiessa vilaus sinisiä silmiä tai mukiin menevää profiilia toimitti turvavyön virkaa. Vasemman silmän yllä kulmakarvojen kaari ei myöskään ollut hassumpi. Peiliin vilkaiseminen oli yhtä tehokasta ja rakentavaa kuin alkoholistille siemaus skotlantilaista viskiä. Peilin heijastama kuori, ohuehko ainekerros, oli se Päivi, jonka muut hyväksyivät spontaanisti—jos hyväksyivät. Sen käsityksen hän oli saanut. Se hämminki joka vallitsi pinnan alla ei tuntunut kiinnostavan ketään.

Mutta nytpä peilissä olikin uusi asukas—riitaisa ja taistelunhaluinen. Liian kauan sortoa kestettyään se oli noussut kapinaan ja ilmoitti, ettei sillä ollut mitään aikomusta palata epäterveelliseen kellarissa asumiseen. Se oli aina paiskinut töitä siinä missä muutkin ja sillä oli oikeus asua. Päivin oli nyt parasta tottua sopuisaan yhteiseloon sen kanssa.

Päivin aivoissa kaikki meni ylösalaisin ja mullin mallin. Tämän uuden ongelman ratkaiseminen olisi ollut äärimmäisen kiireellistä ja pakottavaa. Mutta sen ilmaiseminen muille oli vielä mahdottomampaa kuin niiden maailmankaikkeuden kokoonpanoa koskevien kysymysten esittäminen, jotka tähän asti olivat häntä vaivanneet. Ei edes ranskankieli, jota hän jo hiukan osasi, riittänyt tässä tilanteessa. Nyt oli tapahtunut erehdys, jota Päivin oli yhtä vaikea selittää muille kuin Gregor Samsan sitä seikkaa että se yhtäkkiä jostain arvoituksellisesta syystä olikin koppakuoriainen.

Päivillä ei ollut valinnanvaraa. Hän lakkasi väittelemästä uuden epämiellyttävän huonekaverin kanssa, jätti sen rauhaan ja yritti unohtaa koko asian. Hän yritti jatkaa elämäänsä ja kielen opiskelua entiseen tahtiin. Mutta hatarasta turvavyöstä ei enää ollut apua. Se kireälle pingotettu vieteri, jonka varassa Päivi oli ponnahdellut eteenpäin, oli katkennut. Hän oli hyvin väsynyt. Silti oli pakko yrittää panna elämää jonkinlaiseen järjestykseen. Vaikka peilin asukki oli lakannut rähisemästä, sitä ei enää voinut olla ottamatta huomioon. Ensi hämmennyksessään Päivi kuitenkin yritti päästä karkuun.

Bob kierteli sillä aikaa urheiluautollaan Välimeren rantoja, pysähtyen pelatakseen tennistä Etelä-Ranskan ja Italian kaupungeissa. Hän lähetti sieltä viestejä joissa sanoi ikävöivänsä Päiviä ja ehdotti, että tämä tulisi nauttimaan hänen kanssaan etelän keväästä. Uupuneena Päivi takertui tähän pelastusrenkaan näköiseen ratkaisuun. Nyt oli sellainen tilanne jossa pientä valehtelemista ei voinut välttää, joten hän kertoi madame Brunille keksityn tarinan suomalaisesta perheestä, jonka kanssa hän lähti viettämään pääsiäislomaa Etelä-Ranskaan. Sitten hän astui Nizzaan menevään junaan ja jätti kevätkolean Pariisin taakseen.

Matkantekko, matkantekkoo, etelään mennään, kolkkasi juna. Se yritti saada Päivissä aikaan sitä vatsan pohjasta nousevaa iloista poreilua, joka aina ennen oli syntynyt, kun juna vei kohti uusia mahdollisuuksia.

Tyttö tuijotti turtuneena ohi vilahtelevia kumpuilevia maisemia, silloin tällöin kukkulan päälle puolustautumaan noussutta vanhaa linnaa, kevääseen heräävää maaseutua—sisäänpäin kääntynein, mitään näkemättömin silmin.

Oli huhtikuun alku. Nizzassa tulvahti vastaan epätodennäköinen, häikäisevä valo, tyrmäsi kokonaan kolhiutuneen ja suojaa hakevan olennon, kun hän astui junasta operetin kulisseja muistuttavaan maisemaan keinotekoisen näköisine palmuineen. Taivaankansi oli huomattavasti ylempänä kuin Pariisissa ja epämukavan sininen kuin surrealistien tauluissa.

Asemalaiturilla odotti terveyttä ja hyvää tahtoa uhkuva, ruskettunut Bob, jolla ei ollut aavistustakaan siitä miten mahdottoman tehtävän hän oli ottanut. Bob totesi järkevästi, että Päivi oli ilmeisesti väsynyt ja kunnon loman tarpeessa. We'll take care of you, just relax and rest. Everything will be all right. Päivi olisi mielellään antanut heijata itseään stereotyyppisen rauhoittavassa riippumatossa, tuudittautunut siihen, käpertynyt kuin turvalliseen syliin.

Bob kävi tehtävään käsiksi pioneerin päättäväisyydellä ja määrätietoisuudella: hän kehotti Päiviä syömään kunnolla ja alkoi kuvailla heidän yhteistä tulevaisuuttaan Kaliforniassa, jossa hänen perheellään oli menestyvä business. Eikä puhunut mitään sänkyyn menosta. Bobilla oli kivenhakkaajan tarmo ja päättäväisyys. Mutta kivenjärkäle, jonka kimppuun hän kävi Suuren Lännen energialla ja suoraviivaisuudella, murenikin vähitellen käsiin. Päivin hämmennys kasvoi entistäkin suuremmaksi. Hän oli hätäännyksissään yrittänyt paeta ahdinkoaan, livahtaa karkuun oikotietä ja jättää katastrofi taakseen kuin poliittinen pakolainen vaaralliseksi muuttuneen maan.

Mutta se Neuillyn ullakkokamarin huonekaveri olikin lähtenyt mukaan matkalle. Sillä oli se tavallisten kuolevaisten heikkous, että mitä enemmän se elämältä sai, sitä ahneemmaksi se tuli. Nyt ei enää riittänyt mukavassa, lämpimässä huoneessa asuminen. Se arveli, että silläkin oli oikeus matkustella ja avartaa näköalojaan. Se hissutteli Päivin perässä huomiota herättämättä ja asettui aina tottuneesti niihin peileihin, jotka hotellihuoneissa sattui olemaan. Päivi huomasi, että hänen pakoyrityksensä oli mennyt myttyyn. Mitä hän olisi voinut sanoa Bobille? "I've been just hit by terrible news. I have suddenly realized that I will die some day. And that's why I can absolutely not marry you." Mitä Bob olisi siihen voinut vastata? Muuta kuin: "Are you kidding?" Joten Päivi ei selittänyt mitään vaan yritti ensin vaivalloisesti kohentua, kävi kampaajalla ja lepäsi.

Muutaman päivän kuluttua Bob sanoi, että Päivi näytti jo paljon vahvemmalta, antoi hänelle äitinsä turkoosikivisen rannerenkaan ja katsoi häntä silmiin vakuuttavan tunteellisesti. Päivi alkoi tuntea itsensä katalaksi ja kieroksi, muttei toistaiseksi tiennyt, miten löytää ulospääsy loukusta, johon hän ehdoin tahdoin oli syöksynyt.

Koko ajan he matkasivat Bobin punaisella Triumphilla etelään päin ja pysähtyivät päiväksi tai pariksi niihin kaupunkeihin, joissa Bob pelasi tennistä. Genova, Pisa (siellä Päivi tunsi myötätuntoa torniin — sekin oli vinossa), Firenze. Päivi ei ollut kiinnostunut tenniksestä ja tolkuttomassa mielentilassaan ei myöskään kyennyt arvostamaan niitä maisemia, jotka levittäytyivät joka puolelle, sen enempää kuin niitä ainutlaatuisia taideaarteitakaan, joita oli tarjolla.

Quattrocento ja Cinqocento ehdottelivat ehtymättömiä aarteitaan ihailtavaksi — Uccellon perspektiivileikkejä, Titianin aistillisia värejä ja muotoja ja niitä lukemattomia näkemyksiä Madonnasta ja lapsesta, joita niihin aikoihin alinomaa tehtiin — Correggio, Mantegna, Botticelli, Signorelli, Bellini — Italiassa oli luontokin ryhtynyt taideteokseksi: Sienan okranväriset kukkulat, jo vuosituhansia kesytettyinä, jäljitellen Leonardo da Vincin maalauksia. Kun Suomessa vielä vaivalloisesti yritettiin kyhätä taidetta, joka oli muistuttanut kahlehtimatonta luontoa, tässä maassa oli luonto jo aikoja sitten alkanut muistuttaa taidetta.

Kaikki nämä aarteet ohittivat Päivin kuin onnistunut leikkaus sepelvaltimon, jälkeä jättämättä, edes hipaisematta. Päivi mökötti hotellihuoneessa, kun Bob oli pelaamassa ja seurasi tätä tottelevaisena ja passiivisena museoissa ja kirkoissa, katse sisäänpäin kääntyneenä. Kun taideteokset olivat lasin takana, Päivi usein edes niitä katsomatta vaani pelokkaana heijastusta lasissa, tarkistaen oliko huonekaveri sielläkin mukana, sekin itseään sivistämässä muka. Ja siellähän se yleensä oli, nyt hailakkaampana ja sameana, mutta yhtä pilkallisena ja virnistelevänä kuin aina.

Tämä oli Päivin vaelluksen nollapiste. Kun Narkissos peilaili itseään vedessä ja ammensi energiansa tästä tuijottamisesta, se lopulta traagisesti hukkui läikähtelevään, pohjattomaan elementtiin. Mutta Päivi, kääpiönarkissos, oli vähitellen tottunut riippumaan peilin tuomiosta, saamaan siitä epäluotettavaa tukea taistellessaan tuulimyllyjä vastaan. Steriili suhde. Peili ei läikähdellyt eikä siihen voinut edes hukkua. Se heijasti rajoitetusti ja latteasti jotain jo täysin ennakolta tiedostettua. Peilin ja Päivin välillä oli ollut salainen sopimus. Nyt siitä kanssakäymisestä oli tullut loppu. Latteuteen ei enää voinutkaan turvautua—peilissä oli säröjä ja niiden takana tyhjiö.

Autistinen Narkissos-parka yritti löytää turvaa himmeästä lasista, kyttäsi epäluuloisena heijastusta, sen sijaan että olisi herännyt ihmettelemään sen takana haastavasti katsovaa, tietävän näköistä, tomerana tukevasti valtaistuimelle sijoittunutta Giotton Madonnaa, hänen vasemmalla polvellaan istuvaa palleroista mutta jo täysin tehtävästään tietoista ja aikuisen kasvot omaavaa Vapahtajaa, ja heidän ympärilleen keräytyneitä paljon pienempikokoisia, hiljaiseen ekstaasiin vaipuneita pyhimyksiä. "Syyttäköön itseään ellei pysty minua arvostamaan", mutisi Madonna itsekseen ärtyneenä ja halveksivana (niin paljon kuin Madonnat nyt yleensä pystyvät olemaan halveksivia ja ärtyneitä—sehän ei kuulu niiden lempeään luonteeseen). Giotton haaste—vaikka ihan siinä edessä—oli Päivin ulottumattomissa.

Tämä eriskummainen ja myös Bobia koetteleva matka päätyi lopulta Ikuiseen Kaupunkiin, jossa Päiviltä jäivät katsomatta jopa Vatikaanin kattomaalaukset. Bobin kärsivällisyys alkoi kulua ohueksi. Jossain vaiheessa he olivat lopulta ajautuneet samaan sänkyyn ja rakasteluyrityksiin. Päivistä kaikki oli samantekevää ja sitäkin voi yrittää. Mutta tämä läheisyys ei kiihottanut häntä sen enempää kuin käden puristaminen jonkun vieraan ihmisen kanssa: se oli vähän vastenmielistä, tarpeettoman intiimiä ja kiireesti pois tieltä toimitettavaa. Bobin rakkaus ei ikuisesti kestänyt sellaisia koettelemuksia. Sillä että Päivi ei ollut ollenkaan kiinnostunut tenniksestä, ei ollut väliä. Bob otti itsekin pelaamisen vain helppona keinona saada matkustaa, pysyä terveenä, tuoreena ja vetreänä. Mutta Päivin välinpitämättömyys ja apeus levisivät joka puolelle kuin uomastaan tulviva joki, upottivat kaiken elävän sameaan veteensä. Bobistakin alkoi tuntua tukahduttavalta.

Tämän vaivalloisen vaelluksen kuluessa, huomattuaan ettei sitä voinut karistaa kannoiltaan, Päivi alkoi vähitellen yrittää järkevää keskustelua matkalle mukaan tuppautuneen huonekaverin kanssa, aina kun oli rauhallinen hetki. "Kun sinä siinä nyt roikut mukana koko ajan, tahdon tai en, ehdota sitten edes miten minun pitäisi järjestää olemiseni tästä lähtien sillä tavalla, että vähän rauhoittuisit ja lakkaisit tempoilemasta ja virnistelemästä." Toveri huomautti nyt rauhallisempana, että Päivin pitäisi alkaa ajatella konkreettisemmin, oivaltaa vihdoinkin, että hän—Päivi—yksilö, oli olemassa tässä ja nyt, eli ajassa joka oli rajoitettu, mutta jolla oli tulevaisuus, jota oli pakko suunnitella. Ihan yksin.

Kukaan muu ei voinut sitä hänen puolestaan tehdä, sanoi matkatoveri, ja muistutti taas ettei hänellä aivan rajattomasti ollut aikaa. Vähitellen Päivi oppi kuuntelemaan tätä nyt tyynemmän sävyistä jutustelua, ja hänen oli pakko myöntää, että siitä oli jotain itua. Hän loi vähitellen osan lukutoukan kuorestaan ja muuttui piinallisesti mutta nopeasti jonkinmoiset ääriviivat omaavaksi hyönteiseksi.

Päivi rupesi lopulta todella katselemaan ja kuuntelemaan Bobia ja totesi, ettei tuntenut tippaakaan tätä herttaista nuorta miestä, jolle elämä näytti niin yksinkertaiselta. Sitten hän heräsi ihmettelemään, mitä hän oikeastaan ollenkaan teki maailmalla, ajelehtimassa. Hänen paikkansa oli Suomessa. Äiti oli sairas, isä omilla teillään, ei hänestä oikein tiennyt. Ja 16-vuotias pikkusisko tuuliajolla—kävi kouluaan oma-aloitteisesti. Miten se oli mahdollista? Päiville tuli selväksi, että oli ensiarvoisen tärkeää mennä pitämään huolta pikkusiskosta.

Tämän lilliputti-odysseian viimeisessä vaiheessa edettiin vinhaa vauhtia takaisin pohjoiseen päin. Bobilla ei edelleenkään ollut aavistustakaan prosessista, jonka aikana Päivin sielua oli riepoteltu kuin syysmyrskyssä merille eksynyttä venettä. Pahin myrsky oli laantumassa, mutta Päivi istui uupuneena autossa usein silmät kiinni, ja Bob ihmetteli lopulta tuskastuneena, miten Päivi pystyi ohittamaan jopa ylvään, vähän repaleiseen valkoiseen takkiin pukeutuneen Mont Blancin huomaamatta.

Kun he vihdoin päätyivät takaisin Nizzaan, Bob oli ilmeisen helpottunut jättäessään Päivin Pariisiin menevään junaan. Hän oli toistaiseksi luopunut naimisiinmenoaikeista. Morsiameksi tarkoitettu oli osoittautunut sopimattomaksi ja Bob päätti puntaroida huolellisesti asiaa, ennen kuin ryhtyisi uudestaan niin hurjan rohkeisiin hankkeisiin. Olipa Päivi tehnyt hänelle edes sen palveluksen.

XI

Päivi oli Italiasta kirjoittanut isälle ja yrittänyt selittää tilannetta, hämmennystään ja motiivejaan, ja pyytänyt matkarahoja Suomeen. Sari oli käynyt Neuillyssä hakemassa hänen sinne jättämänsä vähät tavarat. Päivi tunsi olevansa kykenemätön selittämään madame Brunille yhtään mitään. Hän toivoi vain, että madame löytäisi hänen sijalleen uuden, tomeran ja järkevän hollantilaistytön, jonka madame mielellään kutsuisi joskus päivälliselle ja teatteriin. Päivin madame oli vienyt katsomaan Peer Gyntin ranskalaista versiota, täynnä hyvää tahtoa ja tehden parhaansa löytääkseen pohjoismaalaiselle sopivaa kulttuuria. Päivi ei ollut koskaan selittänyt madamelle, mitä hän Ranskasta etsi.

Päivi asui pari päivää hotellissa, sanoi hyvästit Bernardille ja Sarille, joka jäi vielä joksikin aikaa kevätvihreään pukeutuneeseen Pariisiin. Siellä vallitsi taas se alkukesän juhlatunnelma, joka oli Päiviä innostanut pari vuotta aikaisemmin: puhe porisi kahviloitten terasseilla ja Seine oli päättäväisesti virtaamassa mereen. Mutta Päivi ei enää ottanut osaa tunnelmaan—kaupunki oli alkanut ahdistaa häntä. Päivistä alkoi näyttää ilmeiseltä, ettei hän ollut oikeastaan mistään kotoisin.

Nyt kuitenkin Suomi kutsui—siellä oli tekemistä. Joten Päivi palasi sinne tuhlaajatyttönä. Isä otti hänet vastaan vaisusti, heidän välillään ei koskaan ollut ajatustenvaihtoa. Päivi ei osannut puhua isälle, vaan odotti tältä keskustelun alkua, puhuttelua, jonkinlaista merkkiä siitä, että isä ymmärsi tai edes yritti ymmärtää. Kyselisi, suuttuisi, paheksuisi, mitä hyvänsä. Mutta mitään ei tapahtunut. Ehkä isäkään ei osannut. Tytön mieli oli käymistilassa; tällä kertaa hänen omat pienet ympyränsä olivat sekaisin. Päivi vietti pari viikkoa isosiskon kesämökillä. Souteli järvellä ja tuijotteli veteen sen näköisenä, että helpointa olisi lopulta hypätä sinne, vaipua pehmeästi veden helmaan, ystävän syliin, päästä eroon kaikesta riesasta. Hän säikytti sisaren ja hermostutti lankonsa unissakävelijämäisellä käyttäytymisellään. Huonetoveri oli tietenkin tullut mukaan sinnekin. Ei kysymystäkään koskaan enää mistään kellarissa asumisesta, se oli selvää. Neuvottelemalla Päivi yritti saada aikaan sopimuksen, että se asuisi siivosti pienessä vierashuoneessa, vähän syrjässä, valittamatta ja meteliä pitämättä, niin kauan kuin sai säännölliset ateriat ja puhtaat liinavaatteet. Se lupasi, mutta näinkin se kyllä häiritsi Päiviä. Se oli siinä ihan vieressä ja hän oli tottunut omaan rauhaan ja yksinoloon. Nyt piti koko ajan ottaa huomioon vieras.

Lopulta Päivi selitti siskolle että oli levon tarpeessa ja matkusti tädin ja Mummun luokse maalle, lapsuuden leikkitantereille. Siellä hän samalla yritti hoitaa äitiä, joka oli hänkin kyyditty maalle. Äiti oli taas kerran päässyt sairaalasta heikkona ja perin laihtuneena. Päivi sekoitti hänelle monta kertaa päivässä lääkärin määräämää vatkattujen kananmunien, appelsiinimehun ja sokerin sekoitusta, jonka oli määrä vahvistaa. Äiti lepäsi talon sivussa olevassa erillisessä kaksiossa, Päivi sijoittui ullakkokamariin ja piti huolen siitä, että otti säännöllisesti osaa tädin karjakolle ja rengeille valmistamiin aterioihin. Se huonekaveri oli kaiken antipaattisen ilkkumisen ohella antanut myös käytännöllisiä ja hyödyllisiä neuvoja. Esimerkiksi sen että piti syödä pysyäkseen hengissä.

Kylän asukkaat näyttivät olevan selvillä siitä, että Päivi oli käynyt suuressa maailmassa. Hän kuuli ohimennen jonkun kylän ukon selittävän tohkeissaan, että tiesi Päivin olleen "juhlimassa Rivieralla". Se kuulosti komealta ja paheelliselta. Mutta Päivi ei jaksanut kiinnittää paljon huomiota puheisiin, saati sitten korjata väärinkäsitystä. Niin ettei hänestä ollut oikein mihinkään juhlimiseen. Huolenaiheet olivat syvemmällä. "Pitäkööt käsityksensä. Kai siitä on jotain rattoa talvi-iltojen yksitoikkoisuudessa", ajatteli Päivi.

Mummu oli kuitenkin hiljakseen huolissaan Päivin ja pikkusiskon toimeentulosta syksyllä. Hän antoi heille matkaevääksi kaikkein kalleimman aarteensa: pienen, nahkakantisen Raamatun, omistuskirjoituksella: "Herran sana olkoon jalkainne kynttilä ja valkeutena teillä."

Mummu ei ollut harjoittanut tekstianalyysia eikä osannut selittää Päiville, mihin Raamatun kohtaan olisi ollut erityisen hyvä turvautua. Päivillä oli tapana olla järjestelmällinen, joten hän alkoi lukea Raamattua alusta. Mooseksen kirjoissa tapahtui paljon huiputuksia, huorintekemisiä, raiskauksia, veritöitä, isiä, jotka kirosivat poikansa. Jumala oli mukana määräämässä ja neuvoja antamassa koko ajan: "mene sinne, tee näin". Silloin alussa Hänellä oli aikaa henkilökohtaisesti johtaa asioita, kun ihmisiä oli vielä harvassa. Päivistä Hänen motiivinsa tuntuivat epäselviltä ja sattumanvaraisilta. Jaakobkin kieroili, mutta sen jotenkin ymmärsi, kun hän oli niin rakastunut kauniiseen Raakeliin. Joutui siinä hötäkässä sitten ottamaan muitakin vaimoja. Päivi alkoi myötätunnolla seurata tämän pariskunnan vaiheita. Mutta kun Jaakob sitten lopulta lähti Laabanin luota vaimoineen ja karjoineen, Raakel varasti isänsä kotijumalat kenellekään mitään sanomatta. Isä lähti heidän peräänsä ja sanoi kiinni saatuaan, että hän antoi kaiken anteeksi, paitsi että kotijumalien varastaminen ei ollut reilua. Jaakob hämmästyi ja ehdotti, että Laaban tekisi kotitarkastuksen nähdäkseen, olivatko kotijumalat heillä. Ja kun isä tuli Raakelin luo, tämä istui kotijumalien päällä ja väitti, että hänellä oli kuukautiset eikä siksi voinut nousta tervehtimään isäänsä. Miksi Raakel näin teki? Se meni yli Päivin ymmärryksen ja hän jätti Raamatun lukemisen toistaiseksi.

Maatilan oleskeluhuoneena oli avara, valoisa tupa, jonka kahta seinää kiersi siihen kiinnitetty, paljosta istumisesta kiiltäväksi kulunut penkki. Tässä tuvassa Päivi järjesti iltapäivän hiljaisina ja kiireettöminä hetkinä synkkiä keskusteluhetkiä tädin kanssa, kun rengit ja karjakot olivat omissa puuhissaan ja kaappikello raksutti aikaa rauhallisessa tahdissa.

Tädillä oli tapana huokailla yksikseen elämän vaikeutta. Hän oli viettänyt koko elämänsä siinä talossa;

ensin tyttärenä, sitten emäntänä. Nuorena hän ei ollut huolinut ketään niistä monista kosijoista, joita suuren talon sorjalle tyttärelle oli tarjolla, ja hän mietti joskus, että se oli ehkä ollut erehdys.

Päivi kertoi tädille harhailuistaan, rajoittaen kertomuksen visusti siihen, mitä oli tapahtunut, hiiskumatta sanaakaan motiiveistaan, vielä vähemmän uudesta huonetoveristaan, jota oli mahdoton selittää. Täti kuunteli silmät suurina siunaillen Päivin tarinoita ja arveli lopulta, että jos tämä aikoi jatkaa tuollaista tolkuttomasti törmäilemistä, häntä uhkasi sama karvas kohtalo kuin tätiä: jäädä vanhaksipiiaksi. Päivi oli ihan samaa mieltä avioitumismahdollisuuksistaan, muttei jaksanut kiinnostua asiasta. Hänellä oli tarve saada maailma järjestykseen ja äkkiä. Nyt kun oli ilmeistä, ettei aikaakaan ollut liikoja käytettävissä.

Hevoset ja lehmät Päivi jätti rauhaan, mutta puuttui käytännön toimiin. Hän leikkasi sirpillä pihanurmikkoa ja samalla syvän haavan vasemman käden kämmeneen. Käytännölliset puuhat saivat jäädä ja Päivi jatkoi metsässä maleksimista.

Ison talon tyhjissä huoneissa vaellellessaan hän löysi Tolstoin *Ylösnousemuksen* ullakkokamarin valkoiseksi maalatulta pöydältä. Tolstoin Valittujen teosten kolmas osa, julkaistu vuonna 1926. Se oli joskus unohtunut sinne kellertävän harmaine, kukkakoristeisine nahkakansineen. Nimilehdelle oli isä kirjoittanut nimensä rohkean kiemuraisella, komealla käsialallaan. Päivi oli aina ihaillut isän käsialaa, mutta sen määrätietoisuus oli täydellinen vastakohta hänen vaisulle, ponnettomalle luonteelleen.

Päivi alkoi lukea *Ylösnousemusta* tosissaan ja vähitellen sen sävy ja jankkaavat pohtimiset saivat vastakaikua hänen mielentilastaan. Mitä enemmän hän luki, sitä mielekkäämmältä se tuntui. Hän alkoi alleviivata summanmutikassa lauseita, jotka häntä erityisesti koskettivat, varsinkin sellaisia, joissa oli kysymys omantunnon käskyistä. Tolstoin perinpohjainen yhteiskuntakritiikki ei häntä saavuttanut—se ei tuntunut koskevan häntä mitenkään. Hänelle ei tullut mieleenkään miettiä sen maankamaran oikeutusta, jolla hän taas sinä kesänä taivalsi: kuka sen kaiken omisti, miten suuri se oli, oliko siihen omistusoikeutta Tolstoin aatteiden kannalta. Ja mitkä hänen omat oikeutensa siihen mahdollisesti olisivat.

Kirja jäi taas lojumaan katkonaisine alleviivauksineen ullakkokamariin. Mutta omatunto sanoi, että piti yrittää tehdä se, mikä oli oikein: auttaa pikkusiskoa lopettamaan koulunkäyntinsä.

Lopulta sekin kesä osoitti loppumisen merkkejä: ilmat viilenivät, illat alkoivat pimetä joutuisasti, omenat kypsyivät. Yhtäkkiä ilmassa oli syksy. Päivi alkoi olla sitä mieltä, että hänen oli jo aika omaksua tehtävä maailmassa. Hän oli saanut aikaan jonkinlaisen välirauhan Elämän ja Kuoleman kanssa ja esitti nyt täsmällisen toimintasuunnitelman perheelle: hän halusi työpaikan Helsingistä, pikkusisko tulisi sinne hänen kanssaan lopettamaan rauhassa oppikoulua, ja Päivi toimisi tämän holhoojana ja tukena. Isällä ei tapansa mukaan ollut asiasta mitään mielipidettä. Isosisko oli huolissaan: kaksi lapsellista pikkusiskoa omillaan, nuorempi vasta

16-vuotias ja vanhempi masennuksiin taipuva haihattelija. "Entä jos sinä menet naimisiin?" pelkäsi isosisko. Päivi oli kyllästynyt tähän pakkomielteeseen, josta kaikki näyttivät kärsivän. Hän vakuutti, ettei hänellä ollut minkäänlaista aikomusta mennä naimisiin lähivuosina. Lanko oli toiminnan mies, jo nuorena edennyt pitkälle urallaan. Nyt hän asettui parhaansa mukaan vapaana olevaan isän rooliin, melkein helpottuneena siitä, että oli vihdoinkin mahdollista tehdä jotain konkreettista vaimonsa vaivalloisen perheen hyväksi. Hän vuokrasi tytöille yksiön Munkkiniemestä, käytti erillistä makuualkovia kortteerinaan Helsingin matkoillaan ja maksoi puolet vuokrasta. Vuokrasopimusta tehdessä yksiön omistajat katselivat epäluuloisina uusia vuokralaisia ja arvelivat, että tuossa nuori mies järjestää itselleen yksityisen bordellin. Kyräileminen ei häirinnyt Päiviä. Hän ei tapansa mukaan ymmärtänyt mitään.

Nyt oli asuminen järjestyksessä Suomen pääkaupungissa ja pikkusisko saatu jatkamaan lukiota tyttölyseossa. Päivi pärjäsi jo ranskan kielelläkin, saksan ja englannin lisäksi, ja sai kielisihteerin paikan isosta yhtiöstä.

Päivin Ranskassa ollessa oli tapahtunut kaikenlaista. Antti oli ehtinyt avioitua, samoin Elina runoilijansa kanssa. Korttipeliä harrastava sisärengas oli hajonnut.

Oleminen oli laskeutunut ankeaan ja apeaan B-molliin. Kun Italiassa kaikki oli okranväristä, hienosyistä silkkiä johon liukastui, syksyinen Suomi oli kääriytynyt epämääräisen harmaaseen villaan, joka peitti kaiken ja tahtoi tukahduttaa.

Päivi tapasi vihdoin Ranskasta kotiutuneen Sarin ja samalla silloin kauan sitten Aino-tädin luokse keräytyneitä nuoria taiteilijoita, jotka julistivat ettei Päivi ollut muuttunut tippaakaan. Kyllä hän oli muuttunut. Elämä oli muuttunut. Koko maailma oli muuttunut —mennyt ylösalaisin. "Eivätkö he tosiaan huomaa mitään?" ihmetteli Päivi Sarille.

Vielä vuosi sitten hän oli ponnahdellut ja leiskahdellut yli kaikkien rimojen helposti ja hipomatta. Nyt hän riiputti päätään ja oli kiinnostunut varpaistaan. Elämä oli muuttunut töyssähtelyksi. Piti koko ajan olla varovainen, ettei pudonnut kuoppaan, vahtia askeleitaan. Ja vieraskamarin asukasta ei voinut sinne unohtaa: piti mennä siivoamaan säännöllisesti ja jutellakin se halusi usein. Oli seuranhaluinen. Tuputti neuvoja ja kokemustaan muttei erityisen hyväntahtoisesti eikä selkeästi.

Ihmisille Päivi selitti olleensa ulkomailla oppimassa kieliä.

Käynnit Aino-tädin luona olivat harvenneet. Ja sitten, juuri ennen Matin ensimmäistä yksityistä näyttelyään, tapahtui se mitä ei olisi saanut tapahtua: Matti sai surmansa auto-onnettomuudessa. Hänellä oli menossa Brancusi-vaihe, oli vielä haparoimista ja itsensä etsimistä. Suuri lupaus, avara tulevaisuus. Ja sitten se katkesi, noin vain. Viikatemies valitsi taas kerran väärin uhrinsa, jätti tyrannit rauhaan ja rehottamaan.

Päivi näki unta, harvinaisen selvää ja kirkasta. Hän puheli Matin kanssa. He eivät olleet koskaan oikein puhuneet keskenään. Mutta unessa se kävi ihan helposti. Päivi tiesi koko ajan ettei Matti ollut elossa, se oli hänen haamunsa. Päivi sanoikin Matille, että oli niin kummallista, etteivät he koskaan ennen voineet puhua, sehän oli niin yksinkertaista. Ja Päivin oli hyvä olla. Jäljellä oli Aino-täti. Päivi tiesi että olisi pitänyt mennä käymään mutta tiesi myös ettei saisi sitä tehtyä. Miten hän osaisi lohduttaa? Kirsi oli myös heti aikonut mennä kuultuaan asiasta, muttei voinut hänkään.

Uudessa työpaikassaan Päivi asettui alistuneesti rutiiniin: puoli yhdeksältä joka aamu pöytänsä takana valmiina vastaanottamaan tehtäviä. Puhelimen pirinä, henkilökohtainen puhelu, keskeytti silloin tällöin yksitoikkoisuuden. Erään aamupäivän horroksen keskeytti Kirjailijan soitto. Hän kysyi lähtisikö Päivi lounaalle. Totta kai hän lähti.

Kirjailija odotti häntä sovitun ravintolan edessä neuvottoman näköisenä, takin kaulus pystyyn nostettuna ja kädessä kimppu kieloja. Mistä hän oli niitä löytänyt lokakuussa? Näytti siltä, ettei hän oikein tiennyt, mitä hän niillä tekisi. Hän oli hento ja valpas, kaikki antennit ulkona vastaanottamaan vaikutelmia.

He tapasivat nyt ensimmäisen kerran kahden kesken ja sisärenkaassa vallinnut hilpeä ja leikkisä välittömyys ei käynytkään päinsä. He olivat molemmat hämillään. Päivi ei suhtautumisellaan helpottanut tilannetta. Hän oli mielissään ja imarreltu ja odotti koko ajan valmiina vastaanottamaan Kirjailijan kaikkea ymmärtävissä aivoissa syntyviä ajatuksia. Päivi itse tuskin osasi sanoa paljon mitään.

Heidän välilleen syntyi kummallinen ja estoinen, hienosyinen ja varovainen ystävyys. Valojen ja varjojen leikkiä, hämärässä hapuilua, sokkoleikkiä, soutamista ja huopaamista. Sellaista siitä tuli.

Kirjailija otti yhteyden Päiviin aina Helsingissä käydessään ja kohteli tätä kuin helposti särkyvää lasiastiaa. Päivi alkoi turvautua häneen, tehden hänestä väkisin isoveljen, haki tukea kuin villiviini, joka kietoutuu ruusupensaaseen kun kiinteää seinää ei satu olemaan lähellä. Tapaamisten välillä he olivat kirjeenvaihdossa. Kirjeissä Päivi yritti silloin tällöin ilmaista ahdistustaan, muttei löytänyt sanoja ja ujosteli. Bernardille hän oli voinut puhua vapaasti. He olivat molemmat elämänsä alussa, haparoivia ja sinne tänne törmäileviä. Eikä Bernard ollut julkaissut romaania, jonka sinipunaiset kannet olivat täyttäneet Akateemisen Kirjakaupan koko suuren näyteikkunan. Kirjailija oli. Jo yksin tämä seikka olisi saanut Päivin vakuuttuneeksi siitä, että kirjan sisällyksen oli oltava suoraan verrannollinen sen näyteikkunassa viemään tilaan: mittavaa, merkittävää, tavatonta.

Bernardin kanssa Päivi oli voinut puhua mitä sylki suuhun toi. Ja ranskaksi sitä paitsi sylki toi suuhun ihan ihmeellisesti kaikenlaista. Ja Bernard oli itsekin koko ajan ihmettelemässä elämän tarkoitusta. Ainainen kompastuskivi oli se, että suomeksi Päivi ei kerta kaikkiaan osannut. Puutteellisesta ranskastaan huolimatta Päivi siinä kielessä astui maailmaan, jossa kysymykset näyttivät olevan jo olennainen osa kieltä — niillä oli paikka ja ilmaisu.

Hän luki antaumuksella kaikki Kirjailijan teokset. Niissä oli myös pohdittu ongelmia, muttei koskaan siten, että se olisi häntä puhutellut suoraan. Hän ei oikein ymmärtänyt, ei voinut samastua, ja totesi sitten alistuneesti sen johtuvan hänen omasta epäkypsyydestään.

Kun Kirjailija kävi Helsingissä, Päivi ei uskaltanut hiiskahtaakaan mitään siitä epämääräisestä ja muodottomasta myllerryksestä joka hänen sisällään kävi. Hän asettui olemaan, myötäämään ja kuuntelemaan kuin opetuslapsi, toivoen että jonkinlaisen osmoosin kautta hiukan viisautta siirtyisi häneenkin. He kävivät katsomassa Tšehovia Kansallisteatterissa ja kuuntelemassa Sibeliusta konserteissa. Päivin lähiympäristö määritteli suhteen "seurusteluksi". Kirjailijan kirjeet olivat hauskoja ja leikkisiä. Ne kertoivat kotiviinin teosta, paukkupommien asettamisesta, turnajaisista ja kaikenlaisesta mukavasta. Puhuminen meni kinastelemiseksi heidän välillään. Päivi yritti pitää puoliaan sanomalla eipäs ja kaikki oli aina leikkiä. Päältä katsoen.

Kirjailija käväisi myös Munkkiniemessä ja lainasi tytöille kirjoja. Dostojevskin *Idiootin* hän lahjoitti nauraen Päiville sen jälkeen, kun Päivi oli onnistunut saamaan siihen suuren kahvitahran. Tytöt tarjosivat hänelle piparkakkuja ja kahvia, puhuttiin kirjoista ja runoudesta, kukin kykynsä mukaan. Tyttöjen osanotto oli lapsellista, he pitivät saduista. Kirjailija pyysi Päiviä lähettämään paimentyttö-leijona sadun sellaisena kuin sen kertoi. Päivi oli kääntänyt La Fontainen runon *Le Lion amoureux* suomeksi Kirjailijalle.

Mutta *Idiootin* luettuaan hän meni kokonaan tolaltaan. Siinä oli täydellisen hyvä ihminen. Miksi siitä ei puhuttu? Raamattua tyrkytettiin. Raamattu nyt oli kerta kaikkiaan liian vaikeaselkoista. Se että Neitsyt Maria oli neitsyt. Ja millä tavalla Pyhä Henki oli olemassa vielä Jumalan ja Jeesuksen ohella, erillisenä? Liian vaikeaa. Idiootti oli selkeä ja johdonmukainen.

Päivi ruokki nyt itseään ja hormonienkin piti olla järjestyksessä. Hän alkoi asua kehossaan väljemmän tuntuisesti. Joskus pilkahtava hymynhäivä antoi jopa vaikutelman aistillisuudesta ja rohkaisi paikalle sattunutta poikamiestä yrittämään onneaan. Mutta ainoa tulos oli toisinaan pikkutunneille venyneen illanvieton väsyneessä lopussa koettu turtunut ja veltto pintakiihotus. Seuraavana aamuna hän ei enää ymmärtänyt koko asiaa, sitä rutistelua ja halailua — ei se sen pidemmälle mennyt. Eihän hänen tehnyt mieli rakastella tuota miestä, antaa likistellä itseään. Miksi hän oli sellaiseen ryhtynyt? Ulkoiluttajissa oli Päivin mielestä melkein aina jotain fyysisesti vastenmielistä.

Hän ei vain edelleenkään ollut normaali.

Kirsi taas oli vielä lapsi. Oli helpompi ajatella niin. Siskolle alkoi pian ilmaantua ulkoiluttajia, hänellekin. Hän oli ominut Helsingin vaivattomasti, eli kuin kala vedessä, alkoi käydä osakuntatansseissa. Mutta Kirsi puhui ulkoiluttajistaan useimmiten ironisesti, irrallisena. Rauhallisesta, lähes 30-vuotiaasta insinööristä hän huomautti: "Se syö perunoita." Sellaista miestä ei tietenkään voinut ottaa vakavasti huomioon.

Vapaa-aikoina parivaljakko oli erottamaton. Sunnuntaisin he tekivät lenkkejä lähimaastossa, käsi kädessä. Kirjailija huomautti Päiville varovasti, että se oli liian läheinen sisarussuhde. Se ei ollut tervettä. Mutta siitä huolimatta — tai oikeastaan juuri siksi — he eivät koskaan uskoutuneet toisilleen, kun oli kysymys ratkaisevan tärkeistä kysymyksistä. Hiljaisuus oli kerta kaikkiaan perhetraditio. Veriside edellytti ehdotonta rakkautta, mutta myös ehdotonta vaikenemista ja häveliäisyyttä kaikessa, mikä koski sisäistä elämää. Ranskankielellä Päivin kieli laukesi ja puhetta tuli. Mutta hän pysytteli universaalissa, todella tärkeässä. Intiimi kuului äidinkieleen. Ja äidinkieli oli äidin kieli—sille oli mahdollista vain vaikeneminen, äärimmäinen arkanahkaisuus ja häveliäisyys. Äiti oli alkuvuosina kosketusta, hellyyttä, hyväilyjä. Orgaaninen yhteys, ei koskaan sanoja. Ja myöhemmin hän oli kokonaan muualla.

Kieli on äidin, maa isän. Niinhän se yleensä on länsimaisissa kielissä. Muttersprache—Vaterland—Mothertongue—Fatherland. Isänmaa on konkreettinen ja tarkasti rajoitettu; sen puolustaminen on mahdollista. Jos rajat muuttuvat, siitä pidetään melua. Se on virallista ja julkista ja kaikille on heti selvää, mistä uudet rajat kulkevat.

Yritäpäs rajoittaa ja kartoittaa kieltä. Siitä ei saa otetta. Ei ole sellaista miehekästä maankamaraa, jolla voi tukevasti astella ja tietää rajat. Kieli on häilyvää ja notkeaa, vaikutuksille altista ja alati kehittyvää.

Päivi yritti nyt rakentaa itselleen uutta vedenkestävää sisintä—selvää ja johdonmukaista. Ilman mitään hataria, yksilöllisiä heikkouksia ja ristiriitoja. Ranskaksi.

Entä Kirsi? Kun hän istui joskus tuntikausia hetekan sinisellä päiväpeitteellä seinään nojaten ja luki otsa kurtussa Simone Weilin eettisiä ja mystisiä mietteitä,

Päivi piti vaistomaisesti välimatkaa, kunnioitti. Pikkusisko, keijukainen, sinipiika, aina odottamaton. Pitkäksi huiskahtanut tyttö, pitkät sääret, kissan silmät, kissan nenä. Ja siskon kaula oli venähtänyt sellaiseksi jaloksi, jollaisen Päivi olisi halunnut. Sormista soitonopettaja oli sanonut, että tälle tytölle tekniikka olisi ollut helppoa—jos hän vain olisi tahtonut. Mutta Kirsi ei tahtonut. Sen sijaan hän ilmoitti silloin tällöin että hän aikoi kapellimestariksi. Hän piirsi ja maalasi. Kirjoitti runoja jotka lupasivat.

"Kivitöyrään alla ratakiskojen välissä junan alla
pieni unohtunut lintu.
Älä tee sinne lintu pieni pesää."

"Teitä aina rakastan.
Tuo tuskainen ilme teidän silmissänne.
Kunhan vartun, jaksan lentää, ajattelen."

Kyllähän se siitä, ajatteli Päivi. Kun liika hentomielisyys karsiutuu pois, ajan mittaan, sisko on runoilija.
Kirsi ei muistuttanut ketään muuta. Hänellä oli oma varma tyyli, pukeutumisessakin. Päivi haksahteli usein pahasti—meni hajamielisenä kampaajalle ja antoi luottavaisena tehdä itselleen tiukan permanentin. Totesi sitten apeana tilanteen, mutta tehty mikä tehty. Ja kulki sitten vaivautuneena heinäsuova päässä, ei auttanut hiusten repiminen. Takkuiset kutrit kasvoivat hitaasti, kunnes vähitellen oikenivat ja tilanne selkisi.
Joskus Kirsi ilmoitti Päiville, että hänellä oli koliseva olo. Tietenkin Päivi sen ymmärsi, hänellä itselläänkin

kolisi, oli kolissut vielä pahemmin muutamaa kuukautta aiemmin. Mutta se oli taas niitä asioita, joista ei voinut puhua. Mutta Kirsi oli lahjakas, määrätietoinen ja varhaiskypsä. Päivistä tuntui usein, että hän se oli kuopus, haparointeineen.

XII

Arkiaamuina Päivi laittautui toimistoon könöttämään kirjoituskoneen taakse. Työtä oli vähän. Kirjeitten laatiminen kävi nopeasti ja usein hän oli paikalla vain vastatakseen puhelimeen, kun firman merkkihenkilöt olivat ulkona. Hän hoiti yksityisen kirjeenvaihtonsa työaikana, kirjoitteli koneella pitkiä kirjeitä milloin Kirjailijalle, milloin Bernardille Pariisiin.

Hänellä oli oma työhuone, kaksi puhelinta ja kirjoituskone, joiden ääressä oli aikaa tuijottaa ikkunasta vastapäätä olevan talon harmaata seinää ja ikkunarivejä —tai oikeastaan niiden läpi jonnekin etäälle—ja hautoa turtana sekaisin aivoissa viliseviä kuorellisia olioita. Epämääräisesti Päivi toivoi, että olioiden kuoret lopulta särkyisivät ja niistä putkahtaisi esiin pirteitä ja elinkykyisiä pikkuajatuksia.

Aikaa voi seurata lasioven läpi käytävässä olevasta, järkkymättömän verkkaisesti viisareitaan liikuttavasta kellosta. Mutta oikeastaan aika muistutti Dalin Pehmeitä kelloja—se vaelsi eteenpäin vääristyneenä ja tahmeana, kieltäytyen etenemästä tarmokkaasti ja säännöllisesti. Aika oli muodoton ja sisällyksetön. Useimmiten se tuntui liikkuvan vaivalloisen hitaasti, äärimmäisen vanhana ja väsyneenä; joskus se huomaamatta hyppäsi yli tunnin ilman että Päivillä oli aavistustakaan mihin se oli mennyt.

Päivin ja Bernardin suhde oli edelleenkin epäselvä, mutta kun fyysinen välimatka oli kolme tuhatta kilometriä, ajatustenvaihto paperilla tapahtui kitkatta. Bernardilla oli mielipiteitä, varsinkin kirjallisuudesta, ja nyt hän sitä paitsi kertoi usein kirjeissä tapaamistaan tytöistä. Näitä oli paljon — saksalaisia, ranskalaisia, kaikenlaisia. Bernardilla oli menossa rauhaton, kokeileva juoksuaika. Sitten Bernard ehdotti, että hän voisi tulla Suomeen joululomalla. Käytännössä tämä oli mahdollista yksiön keittiöalkovin ansiosta. Joten Päivi vastasi, että tule vaan, tervetuloa. Bernard lähetti kyselykaavakkeen valmistautuen edeltä käsin Pohjoisnavalle matkustamisen vaaroihin. Hän halusi muun muassa tietää, oliko lentokoneessa tarjottu lounas riittävän ravitseva. Päivi oli liiallisesta laihtumisestaan pelästyneenä alkanut ravita itseään säännöllisesti, oli jopa ottanut tarkan selvän siitä, mitä ravintoaineita tarvittiin terveenä pysymiseksi. Nyt hän kuitenkin kummastui näin täsmällisestä kysymyksestä eikä osannut antaa tyydyttävää vastausta. Lopulta Bernard kuitenkin uskaltautui pyrähtämään talviseen Helsinkiin, lämpimiin vaatteisiin sonnustautuneena. Karvalakkia hänellä ei tosin ollut, mutta hänen runsaat, aaltoilevat hiuksensa estivät aivojen jäätymisen.

Päivi oli Bernardia vastassa Finnairin bussilla, tällä kertaa siistissä talvitakissa ja normaalipainoisena. Lumi kirskui jalkojen alla pakkasessa, kaupunki oli jo pukeutunut valkoiseen talviturkkiinsa ja Bernard uhmasi urheasti talvea. Hän ei ollut koskaan nähnyt mitään niin eksoottista.

Seurasi kummallinen viikko.

Pikkusisko ei kiinnostunut Bernardista ja ajatustenvaihto heidän välillään jäi vähäiseksi kielivaikeuksienkin takia. Ruokapuolessa myös oli vajavaisuuksia. Sitä paitsi pimeyden keskellä uinaileva Helsinki oli synkkä paikka kostean, mutta valaistun ja meluisan Pariisin rinnalla.

Mutta Bernard antoi tämän kaiken anteeksi ja sanoi olevansa edelleenkin kiintynyt Päiviin. Kun Päivi pääsi töistä, he kuljeskelivat lumisissa maisemissa ja keskustelivat vilkkaasti täpötäydessä Munkkiniemen bussissa siitä, oliko Camusin *Sivullinen* normaali vai ei, viihdyttäen väsyneitä työstä palaavia helsinkiläisiä. Päiviä nämä keskustelut elvyttivät.

Toisaalta asia taas mutkistui. Kuten aina, hän oli ollut kykenemätön arvaamaan omia reaktioitaan edeltä käsin. Kirjeissä ystävyys oli ollut kitkatonta. Mutta Bernardin läsnäolo pani asiat sekaisin. Hänen olemuksensa oli yhtä pehmeähkö kuin ennekin, silmät suuret ja haaveelliset, ja tumma tukka niin loistava, että kuuli tyttöjen kadulla ihmettelevän, että onpas komea poika. Vika oli tietenkin Päivissä: hänen oli lopulta ilmoitettava Bernardille, että he nyt kerta kaikkiaan voivat olla "vain ystäviä". Hänellä kun nyt kerta kaikkiaan oli niin kummallinen luonne.

Sitten Päivi huomasi, että Bernard oli tehnyt pitkän matkan eikä hänellä ollut ollenkaan hauskaa. Jotenkin tilannetta korjatakseen Päivi kuljetti Bernardin päättäväisesti uudenvuodenaattona Polille tanssimaan, seisoi tämän kanssa lippujonossa ja lipun saatuaan tyrkkäsi tämän sisälle täpötäyteen juhlasaliin. Hän arveli Bernardilla olevan siellä mahdollisuus tutustua vapaasti suomalaisiin neitoihin, joita oli tarjolla runsaasti. Bernard ei tosin osannut sanaakaan suomea, mutta eihän se estänyt tanssimasta. Sitten Päivi meni kotiin nukkumaan. Bernard ei koskaan kertonut, miten oli selvinnyt illan kokemuksista. Hän lähti seuraavana päivänä takaisin Pariisiin ja heidän suhteensa muuttui pysyvästi ystävyyssuhteeksi. Bernard alkoi lähivuosina käydä lomailemassa Suomessa useinkin. Hän oli tavannut ystävällisempiä naisia kuin Päivi ja sitä paitsi hän piti maassa vallitsevasta rauhallisuudesta, herkkäluonteinen kun oli.

Mutta Päivi oli yhä vakuuttuneempi siitä, että ajattelua voi edistää vain ranskan kielellä: siinä kielessä aivoitukset saivat kirkkaat, selkeät ääriviivat kunhan niille vain soi mahdollisuuden. Päivin palkka oli vaatimaton, vuokranmaksun jälkeen ei jäänyt paljon jäljelle. Mutta firmalla oli työntekijöille ilmaisen lounaan lisäksi muitakin luontaisetuja, muun muassa keskustelukerho ranskan kielellä. Sitä oli saatu vetämään Helsingin ranskalaisen koulun johtajatar. Ranskan kielen harrastaminen oli Suomessa vielä harvinaista ja kerhon jäseninä olivat vain pääjohtajan sihteeri, hehkeä nelissäkymmenissä oleva nainen, pari kolme nuorta, jostain syystä ranskasta kiinnostunutta insinööriä ja Päivi, joka halusi ajatella.

Näissä kerhoissa oli tapana jutella, jotta jäsenet saisivat verrytellä kielitaitoaan. Niin tehtiinkin. Mutta sitten

Päivi pääsi vauhtiin kuin vauhkoontunut varsa. Rans-
kaa puhuessaan hänen ujoutensa hävisi ja hän yritti
saada aikaan keskustelua. Ranskassa alkaneen masen-
nuskauden aikana oli kiteytynyt myös huoli siitä, että
maailma oli paha, pahuutta oli hänessä itsessäänkin ja
miten siitä pääsisi eroon. Asiaa oli kerääntynyt pohdit-
tavaksi paljon viime kuukausien aikana ja nyt oli kiire
saada selkoa edes pienestä osasta. Hän alkoi heti päät-
täväisesti esittää ongelmia niin hyvin kuin osasi.

Kun Päivi oli päässyt vauhtiin, astui sisään myöhäs-
tyneenä vielä yksi miespuolinen virkailija, jonka teki
mieli jutella ranskankielellä. Hän yritti hämmästyneenä
ymmärtää, mistä oli kysymys. Hänelle ei ollut ollen-
kaan ilmoitettu, että keskustelulla olisi joku täsmälli-
nen aihe. Ja mikä se oli? Perisynti? Samuel Beckettin
teokset? Ja tuo totinen tyttö, joka tuntui pitävän jon-
kinlaista esitelmää. Mikä hihhuli se oli? Ei siitä saanut
selvää. Uusi jäsen alkoi kummissaan ja pettyneenä pe-
rääntyä varovasti, pääsi helpottuneena takaisin ovelle
ja sulki sen hiljaa perässään.

Päivi selitti niin hyvin kuin osasi, mutta hänelle al-
koi tulla tukala olo. Hänen mielessään vilahti, ettei hän
ollut järjestänyt ajatuksiaan tarpeeksi edeltä käsin. Oli
epäjärjestystä ja kaikessa kiireessä vaikea päästä asioi-
den ytimeen. Päivi vaistosi hämärästi toisten vaivautu-
neisuuden.

Kaikilla muillakin oli epämukava olo. Katseet harhai-
livat sinne tänne kiintopistettä hakien, pyrkien siihen
ilmeeseen, jolla kunnioitetaan kadulla vastaantulevia
ihmisiä: kantaa ottamattomaan ja tyhjään. Joku löysi
mielenkiintoisen tuolinjalan, joku ovenkahvan tai ikku-

nanpielen, jota he tutkivat herpaantumatta. Katseisiin alkoi vähitellen ilmestyä väkisinkin hämmennykseen sekaantuvaa sääliä. Päivi yritti saada sanottavansa järjestykseen nopeammin, sanat kompastelivat toistensa päälle, se ei yhtään parantanut asiaa. Mutta Päiville oli kysymyksessä hänen ihmisyytensä. Hän yritti olla niin selkeä ja suppea kuin mahdollista. Olivathan muutkin ihmisiä ja kaikki tämä koski heitä yhtä paljon kuin häntäkin. Et la condition humaine? Juhlallisena hän patisti ranskattarelta vastauksia. Comment vivre dans un monde absurde? Et l'accès direct à l'absolu? Siitäkin olisi pitänyt saada selkoa, muttei hänellä ollut aavistustakaan, voiko sitä ylipäätään kääntää suomeksi. Päästä välittömästi käsiksi rajattomaan? Ei kuulostanut hyvältä. Päiville alkoi tulla hiki siitä huolimatta, että kokoushuone oli suuri ja huonosti lämmitetty. Et l'angoisse metaphysique, vous connaissez? Se nyt ainakin oli yhteistä kaikilla, siitä hän oli varma. Päivi katsoi luottavaisesti ranskatarta. Miksei tämä auttanut häntä eteenpäin ilmaisemaan paremmin sen, mihin hän epäselvästi pyrki? Sitähän varten opettaja oli. Ja sitä paitsi opettaja, jota onni oli potkaissut ja antanut hänelle äidinkieleksi sen, jolla tämä kaikki tuli selväksi.

Ranskattaren silmät hyppivät sinne tänne, jäivät lopulta vaivautuneina tuijottamaan tahraa seinässä Päivin takana. Hän ei ollut kiinnostunut. Päivistä tuntui melkein kuin hän ei olisi edes ymmärtänyt mistä oli kysymys. Melkoisen hermostunut nainen, ei enää nuori. Kaikki hänessä jotenkin harotti: hiukset, silmät, vaatteet. Hänellä tuntui olevan vaikeuksia kuunnella ja keskittyä, vaikutti ärsyyntyneeltä ja hajamieliseltä.

141

Eihän se ollut ihme; oli varmaan onneton tässä kylmässä ja karussa maassa, ainaisessa pimeydessä, keskellä harvalukuisia ihmisiä—nekin talvella umpioituneina paksujen vaatteiden sisälle, kadulla käveleviä simpukoita kuorissaan. Ranskatar oli lähtenyt hakemaan korkeampaa palkkaa ulkomailta ja ties mitä vaikeuksia pakoon kotimaasta. Nyt yllättäen yksi simpukoista avasi kuorensa ja syyti sieltä sikin sokin kaikenlaista hankalaa ja tahditonta.

Ranskaa harrastavat insinöörit seurasivat selittämättömin katsein Päivin donquijotemaisia ponnistuksia ja kysymyksiä, jotka jäivät roikkumaan ilmaan kuin yöpuulle asettuneet lepakot—kummallisesti väärin päin mutta sitkeinä ja elinkykyisinä. Vaikka Päivin ihmistuntemus oli vähemmän kehittynyt kuin keskenkasvuisen simpanssin, hän ei voinut lopulta olla ymmärtämättä, että oli paras jättää ranskatar rauhaan. Tämä ei ilmeisesti halunnut keskustella, vaikka puhuikin Descartesin kieltä. Pääjohtajan hehkeä sihteeri ei muutenkaan pitänyt Päivistä, tällä kun ei ollut ollenkaan sopivaisuudentajua.

Tällä välin Päivin hyvää tarkoittavat lähimmäiset alkoivat olla todella huolissaan. Tyttö oli yli kahdenkymmenen ja kosijoitakin olisi ollut tarjolla. Hänen työpaikkansa oli enimmäkseen miesten kansoittama, ja nämä eivät voineet olla huomaamatta uutta kielisihteeriä. Päivi sai silloin tällöin nimettömiä rakkauskirjeitä. Talossa oli näköjään muitakin ikävystyneitä kuin hän. Pitkäveteisten työpäivien piristämiseksi he harrastivat haaveilua, jopa kirjoittivat avuttomia runoja hississä tapaamisen romanttisuudesta. Ne ilmestyivät Päivin kirjoituskoneen viereen salavihkaa nimettöminä. Päivillä oli myös pari työtoveria, joiden kanssa hän kävi teatterissa ja jotka olisivat vieneet tuttavuutta pidemmällekin.

Oli insinööri, joka oli niin masokistinen, että kiintyi kovin Päiviin nimenomaan sen takia että hän aina mökötti. Häneen teki vaikutuksen se, ettei Päivi riemastunut ollenkaan kun häntä vei tanssimaan ja ravintolaan. Päivi vierasti paikkoja, joissa oli tungosta ja vieraita ihmisiä.

Päivi kävi Sarin kanssa katsomassa Ingmar Bergmanin filmejä. Vihamielisiä kaappikelloja, viisareita, nyyhkimisiä, vaikerrusta, mutinaa ja supinaa, joka ei yltänyt Jumalan korviin. Hän tuli teatterista aina ulos erikoisen tärähtäneenä, ihmetellen, miten ihmiset pystyivät kävelemään kadulla touhukkaan tuntuisina, huolissaan hintojen noususta, suunnitellen seuraavaa lomaa. Se kaikki tuntui täysin tarpeettomalta. Päivin sisällä jyskytti ja kolisi. Sari huomautti, että Bergman käsitteli kuluneita aiheita. "Kyllähän tuon kaiken jo tiesi." Niin kai. Eihän siinä mitään uutta ollut.

XIII

Sitten Kirjailija sai apurahan ulkomaanmatkaa varten. He alkoivat suunnitella matkaa: Kirjailija, tämän maalariveli ja Päivi, joka toimisi tulkkina ja oppaana, kun oli jo kiertänyt maailmaa ja osasi sujuvasti hoitaa asioita monella kielellä. Kaikki alkoi leikinpuhumisella, mutta vähitellen asiasta tuli totta.

Matkasuunnitelmat piristivät Päiviä. Tehtävässä oli mieltä ja jos hän ei nyt taas ihan ponnahdellut, niin vaelsi kuitenkin asiallisesti pää pystyssä. Hän pääsisi katsastamaan viime vuoden taistelutantereita turvallisessa seurassa ja Kirjailija osaisi katsoa maisemia näkevin silmin. He saisivat paljon kärpäsiä yhdellä iskulla: Päivi mielekkään tehtävän, Kirjailija ja veli vaikutelmia töilleen, kaikki lomamatkan. Lopputalvesta keskityttiin täsmentämään lähtöpäivää, joka oli Päivin kesäloman alku. Matkakuume nousi.

Kolmikko lähti viileänä toukokuun päivänä ensin laivalla Tukholmaan ja sieltä junalla eteenpäin. Tukholman satamassa oli vastassa Kirjailijan englantilainen kääntäjä, joka asusti siellä vanhan äitinsä kanssa. Kääntäjä, kätevä mies, oli valmistanut lounaan koko joukolle: kalaa ja jälkiruoaksi säilöttyjä persikoita.

Kääntäjän äitikin oli tutustunut hiukan Suomeen. Hän oli käynyt Dramatenissa katsomassa vierailunäytäntönä Kansallisteatterin Seitsemää veljestä. Loppupuhetta oli tullut pitämään näyttelijä, joka aloitti sanomalla PERKELE plus kahdenkymmenen sekunnin tauko. Englannitar kysyi kiinnostuneena suomalaiselta seuralaiseltaan: "Did he say Ladies and Gentlemen?" Suometar sitten parhaansa mukaan selitti, että suomalaisilla nyt kerta kaikkiaan on omat ilmaisutapansa, vaikeasti käännettävissä eurooppalaiselle kielelle. Tukholma–Pariisi-junassa kolmikolla oli kolmen hengen perheelle varattu makuuvaunu, ovella lappu "Famille X". Päivi pujahti ensin yksin yläpetille, nukahti heti ja veljekset sopivat sitten keskenään sijoituksistaan. Olivatko he perhe? Näin Päivi olisi mielellään ajatellut: veljeksiä kaikki tyynni. Mutta näkyi kai päältäkin etteivät he olleet. Koko matkan ajan hotelleissa syntyi pientä hämmennystä, kun piti päättää sijoituksista. Ménage à trois? Tai sitten, kumman kanssa Päivi jakaisi huoneen? Kunnes sitten selvisi, että hänellä olikin oma erillinen huone.

Pariisi oli paikallaan koristaen Seinen rantoja, kun kolmivaljakko saapui sinne kolkonharmaana toukokuun päivänä. Päivi ei ollut kehuttava matkaopas, siinä hommassa kun hänen päähänpinttymällään, kielellä, oli rajoitettu rooli. Sitä tarvittiin vain täsmällisen käytännöllisiin tarkoituksiin.

He vaeltelivat pitkin kaupunkia summanmutikassa, nousivat velvollisuudentuntoisina Eiffel-torniin, katsoivat kirkot ja museot. Oikeastaan veljekset pärjäsivät paremmin ilman Päivin opastusta. He yrittivät itsepäisesti Notre Dameen keskiovista, luottaen siihen, että kolkuttavalle avataan, kun niin kerran oli luvattu. Hakkasivat kauan, muttei vaan avattu. He joutuivat tyytymään kaiken kansan mukana sivuoviin, mutta leppyivät sitten ja antoivat anteeksi Jumalalle lasimaalausten hehkuvien kukkien ansiosta.

Päivi vei veljekset Montmartrelle, Sacre Coeur kuin sokerikakku ja kukkula mustanaan taidemaalareita maisemaa ikuistamassa. Taiteilijaksi pyrkijät hakivat sieltä inspiraatiota samoin perustein kuin Ajattelijat Bonaparten kahvilassa, haistellen ilmasta niiden mestareiden vaikutusta, jotka olivat niillä main asustaneet ja työskennelleet vuosisadan alussa: Picasso, Modigliani, Braque ja muut. Tuloksia yritettiin myydä turistelle.

Louvressa veljekset eksyivät muinais-Egyptiin ja onnistuivat siellä istumaan Ramses II:n mahan päälle, mikä nosti tunnelmaa. Jostain syystä he erehtyivät kaikki oopperaan kuuntelemaan *Madame Butterflyta*, virhesiirto sekin.

Veljekset eivät tunteneet ylitsevuotavaa rakkautta Pariisiin. Kaupunki oli täynnä pariisilaisia, kalsean tuntuisia ihmisiä. He eivät myöskään mitenkään reagoineet kaikkialla kaikuvaan ranskankieleen, joten kaupungista jäi kaiken kaikkiaan jonkin verran eltaantunut vaikutelma. Veljekset olivat heti oppineet kaikkialla metrossa uloskäynnillä vastaantulevan sanan: SORTIE ja pitivät sitä tarkasti silmällä koko ajan.

Päivilläkin oli jo kiire pois. Suojajoukoista huolimatta edellisen vuoden pakokauhu tahtoi muistuttaa itsestään. Ja nyt hän ymmärsi kieltä sen verran, ettei enää kuullut puhdasta runoutta jokaisen kadunkulman takana.

Espanja oli toista maata. Jo Irunassa olivat vastassa vuoret, ja veljekset lähtivät heti kohta kiipeämään ensimmäiselle vastaantulleelle iltamyöhällä, kun Päivi meni yöpuulle. He kiipesivät sinnikkäästi, tuli kuuma, riisuivat takin, lopulta paidankin. Tapasivat helpottuneina lehmää taluttavan señoritan, toivottivat tälle buenas noches. Ylös päästyään he karjaisivat "SORTIE" Ranskaan päin.

Vuorenhuiput tavoittelivat taivasta, oli ylvästä ja ylpeää, suoraa ja rehtiä kuin suomalaisessa mäntymetsässä. Espanja eli silloin vielä Francon haaskalinnun siipien varjossa—niiden havinan voi turisti vain aavistaa, mutta siellä oli päivänvalokin ikään kuin kohtalonomaisempaa. Pariisiin, hieman kevytkenkäiseen, prameasti pukeutuneeseen kreivittäreen verrattuna Madrid oli nunna. Kaupunki pelkistettyä ja paljasta, suoraviivaista ja teeskentelemätöntä. Ja Prado-museossa El Grecon nekin ylöspäin pyrkivät pitkulaiset hahmot.

Ohjelmassa oli härkätaistelu, espanjalaisen mentaliteetin ja kulttuurin kiteytymä. Sinne Päivi meni vastahakoisesti. Eräs Kirjailijan Madridiin asettunut ystävä oli hankkinut liput ja toimi oppaana. Suunnattoman suuren areenan katsomo oli täpötäynnä hälisevää ja äärimmilleen jännittynyttä yleisöä. Päivillä oli taas ihan omasta takaa asettautuminen siellä: hän käänsi selkänsä areenalle ja keskittyi typertyneenä ihmettelemään yleisöä. Ihmispaljous velloi kuin myrskyävä meri, naiset, miehet ja lapset—kaikki samaan tahtiin. Miksi tämä pyhä kiihko, täysin eri laatua kuin se, joka vallitsee jalkapallo-ottelujen katsomoissa? Matadori panee henkensä alttiiksi joka hetki ja yhdistää sen täydelliseen esteettiseen suoritukseen, nimenomaan suurimman vaaran hetkellä. Yleisö osoittaa suosiotaan hysteerisesti matadorin liikkeen sulautuessa yhteen härän ja punaisen viitan kanssa, plastisena täydellisyytenä. Alituinen kuolemanvaara yhdistettynä kauneuteen. Päiviltä meni koko ihanuus sivu suun. Hänestä se oli eläinrääkkäystä ja ihan turhaa ihmishengen kanssa leikittelyä. Ainoana katsomossa hänen katseensa oli liimautunut kasvojen mereen: keskittyneitä, ekstaasin vallassa. Täydellinen elämys, pakanallinen myytti, joka näin elettiin yhä uudelleen? Sankarillinen Theseus tappamassa Minotaurusta? Ihmisen taitavuuden voitto raa'asta eläimellisestä voimasta?

No niin, kaikille muille paitsi Päiville—hän jäi mystisen kiihkon ulkopuolelle. Matadori voitti, härkäparka raahattiin pois ja areenalle satoi kukkia ja kaikenlaista tavaraa, matadorin kunniaksi.

Madridin jälkeen seurasi turistireiteiltä poikkeaminen. He tökkäsivät sormensa kartalla paikkaan, joka oli täsmälleen Madridin ja Tarragonan keskivälissä. Paikan nimi oli Calatauyd. Kukaan muu matkailija ei ollut keksinyt samaa temppua, joten he astuivat junasta pölyiselle asemalaiturille ainoina turisteina. Asemalla oli kuitenkin kottikärryjä omistajineen, jotka olisivat mielellään vieneet heidän tavaransa hotelliin. Sellainenkin siis oli. Mutta kottikärryt kolistelivat tyhjinä heidän vieressään, kun he kantoivat itse laukkunsa.

Calatauyd oli pieni, uinahteleva kaupunki, jossa ei ollut oikein muuta kuin espanjalaisia (ja niitäkin harvassa siellä täällä), jotka varoivat visusti ymmärtämästä mitään muuta kieltä kuin espanjaa. Kolmikko oli siis aidosti maan sydämessä ja käsillä puhuen he onnistuivat jopa löytämään jotain suuhunpantavaakin. Vuoret olivat kaukana ja koko kaupunki pölyn peittämä, mutta illalla he kiipesivät pienelle kukkulalle, jonka rinteellä oli hökkelikaupunki. Jonkun ihmeen avulla pystyssä pysyviä majoja, kallellaan olevia seiniä, vinoja ovia, laihoja kissoja, kärpäsiä, likaa ja saviruukkuja kantavia aaseja. Aikuiset istuskelivat majojen ovensuissa ja hymyilivät harvahampaisilla suillaan matkalaisille.

Tästä kokemuksesta syntyi Kirjailijan ja Päivin välillä erimielisyys, johon viitattiin vielä vuosien kuluttua. "Sinä kun et koskaan halunnut ymmärtää sitä Calatauydin filosofiaa. Se on paha juttu se, kuule", sanoi Kirjailija. Mutta Päiviä hökkelikaupungin epäterveet olosuhteet masensivat ja hän olisi halunnut parantaa tilannetta jotenkin. Likaista ja epähygieenistä, luultavasti niillä ei ollut edes tarpeeksi syötävää, ei ainakaan tasapainotettua ruokajärjestystä. (Päivi oli nyt henkilökohtaisesti todennut, miten vaarallista sellainen oli ajan mittaan.) Ja talvella varmasti veti kovin nurkista ja ikkunoista. Porvarillinen taustako hänet sai näin reagoimaan? Olihan hän itsekin seikkaillessaan tyytynyt vähään, elänyt niukasti. Niin kauan kuin jaksoi ja kun yli kaiken tärkeintä oli sielun lihottaminen. Mutta pohjimmiltaan oli aina selvää että se oli väliaikaista, hänen itsensä valitsemaa köyhyyttä, ja sen päättyminen riippuisi hänen omasta tahdostaan. Näytti siltä, että hökkelikaupungin asukkaat eivät olleet valinneet hökkeleitään sielunsa parantamiseksi. Heillä ei ollut valinnan varaa. Mutta Kirjailija teki asiasta filosofisen periaatteen ja halusi Päivin ymmärtävän, että asiat olivat juuri niin kuin olla pitikin: hyvin. Siitä ei syntynyt koskaan sopua. Päivi ei kerta kaikkiaan ymmärtänyt. Tarragonassa oli vastassa Välimeri ja siinä paljon lämmintä vettä. Päivi innostui uimaan: päivällä auringon paistaessa, rankkasateella. Sitten yhdeltätoista illalla hänelle tuli vastustamaton halu veteen. "Mennään uimaan." Oli pimeää ja märkää ja leutoa.

Loppumatka oli turismia: turkkilaisella laivalla Napoliin ja sieltä Ikuiseen Kaupunkiin, jota Päivi tällä kertaa jaksoi yrittää katsella. Roomasta hän lähti yksin junalla Suomeen, hänen lomansa oli lopussa ja oli palattava kyhjöttämään kirjoituskoneen ääreen. Päivi jätti veljekset Pietarinkirkon ovien eteen messuamaan virsikirjat avoimina varhain juhannusaattona, harvojen turistien ihmeteltäviksi.

XIV

Päivin oleminen lopahti taas Pehmeiden kellojen aikaan, jossa ehti ihmetellä. Matkan jälkeen Päivi jatkoi keskustelua Kirjailijan kanssa. Se oli kummallista leikkiä, toistensa ohi puhumista. Päivi vakavana tivaamassa totuutta, takertelemassa avunhuutoja, miten masentunut sattui olemaan. Kaiken kaikkiaan valitukset pelkistyivät suurin piirtein siihen, että oli vaikea sulattaa sitä, että maailma oli nurinkurinen. Mutta hän ujosteli, sanoi puhuvansa tyhmästi, "olisi halunnut puhua muttei uskaltanut", "tai ei ollut ketään kenelle puhua".

Kun Kirjailija tuli Helsinkiin, hän yritti lohduttaa parhaansa mukaan: "Emmehän me ole pintapuolisia ihmisiä — puhu vapaasti. Et voi paukauttaa minulle mitään sellaista, mikä menisi ymmärryskykyni yli." Ja sitten: "Pitää alkaa siitä vapauttavasta tosiasiasta, ettei tämä elämä kuule lopulta ole ollenkaan niin tärkeä tai oikeastaan kovin merkittävä juttu. Mikään siinä ei ole sellaista. Eikä kukaan ole sitä. Ja pitäisi osata viis veisata huomisesta — sitä ei koskaan saavuta kuitenkaan, ainahan meillä on vain tämä hetki, ei koskaan muuta. Älä sinä juokse." Päivi olisi mielellään omaksunut sen näkökannan, muttei voinut lakata "juoksemasta" niin kauan kuin ei ollut minkäänlaista tyydyttävää synteesiä ihmisenä olosta.

Sitä paitsi asia sotkeutui sen takia, että he olivat kaksi vastakkaista sukupuolta olevaa vapaata ja naimatonta ihmistä, eikä Kirjailija ollut tarpeeksi vanha ollakseen Päivin isä. Tämä seikka oli koko siinä kuin happi ilmassa—ei siitä päässyt eroon. Syvyysulottuvaisuutta kyllä oli, uitiin kuin kalat meren syvässä, vihreässä hämärässä, äänettömästi toistensa ohi, aina vain uudestaan. Päivi väitti kirjeissä olevansa tyhjä ja itsekäs, "ei kenellekään mitään antamista". Se oli vaistomainen varokeino. Nimenomaan se, että Kirjailija jaksoi uskollisesti ja kyllästymättä vastata Päivin valitusvirsiin, esti tätä rentoutumasta. Vaikka suhde olikin kovin erilainen, ystävyys Bernardin kanssa oli saanut Päivin huolestumaan. Kaikki oli kyllä aika sekavaa.

Päivi ei sitä sen tarkemmin eritellyt, mutta hän pelkäsi hämärästi käyttävänsä hyväkseen sellaista kiintymystä, johon ei voinut vastata. Hänen oli kerta kaikkiaan kiteytynyt vakaumus, että ainoa "annettavaksi" kelpaava hänessä oli se naisellisuus, josta hän oli niin sitkeästi yrittänyt päästä eroon paastoamalla.

Mutta samanaikaisesti Päivi taisteli muillakin rintamilla. Hän sai käyntiin uuden yrityksen. Syksyn tullen toinen ranskan keskustelukerhossa käyneistä insinööreistä arveli, että Päivin mielenlaadulle sopisivat opinnot yliopistossa. Tyttö tarrautui tähän toivoon ja kirjoittautui yliopistoon opiskelemaan Ranskan kirjallisuutta, mitäs muuta. Vaikka yritys oli mennyt myttyyn keskustelukerhossa, hänestä oli edelleen itsestään selvää, että tärkeitä asioita pohdittaisiin sekä asiallisimmin että syvällisimmin sillä kielellä, joka oli siihen tarkoitukseen luotu. Sisäänkirjoitusjonossa hän tunsi olevansa vanha ja kaiken kokenut juuri valkolakin saaneiden lasten keskellä, mutta selvisi muodollisuuksista.

Päivi kävi kielioppi- ja käännösharjoituskurssin päästäkseen kiinteämmin asiaan käsiksi ja tutki samalla kirjallisuutta. Hän oli taas innostunut ja jaksoi siitä huolimatta, että yliopistolla oli käytävä joko työstä ruokatunnilla kovaa vauhtia juosten edestakaisin tai sitten illalla työn jälkeen.

Fonetiikan professorilla oli surumieliset ja alistuneet spanielin kasvot. Ihmekö se, ranskan fonetiikan opettaminen suomalaisille masentaa iloisenkin ihmisen. Päivi toisteli uutterasti: "trois tortues trottinant sur trois toits très étroits" (kolme kilpikonnaa hölkyttämässä kolmella hyvin kapealla katolla). Hänestä lauseessa ei ollut mitään järkeä eikä hän jaksanut innostua asiasta. Ja hänen suomalaiset ärränsä särähtelivät ja sorahtelivat viikkojen harjoituksienkin jälkeen yhtä remakasti. Mutta professori oli ehtinyt kokea monen talven tuiskut ja lukemattomat suomalaiset ärräpäät ja oppinut elämään sen taakan alla.

Keskustelutunnilla oli nuori, Suomeen avioitunut ja ujo professori. Hän kyseli, mitä mieltä opiskelijat olivat Madame Bovarysta ja yritti saada aikaan keskustelua, kun sellaista kerran nimenomaan oli määrä harjoittaa. Häntä vastassa oli vakavien, vilpittömien ja visusti vaikenevien kasvojen muuri, yhtä läpitunkematon kuin sakea sumu aamuhämärällä suolla. "Qu'est-ce que vous en pensez?" Mahdotonta tietää, ymmärsivätkö nämä hiljaiset ihmiset ranskaa. Suomeksi ei voinut yrittää. Kasvojen muuri pysyi liikkumattomana ja näytti odottavan jotain. Professori vaipui vähitellen määrittelemättömään, syvään ahdinkoon — oliko hän ryhtynyt epätoivoiseen yritykseen: saada aikaan keskustelua mykkien maassa? Hän oli kotoisin maasta, jossa ihmisillä on tarve ilmaista mielipiteitään niin kiivaasti, että keskustelusta syntyy huutokilpailuja, joissa kamppaillaan sananvuoroista (Laissez-moi parler! Je ne vous ai pas interrompu. (Antakaa minun puhua! En minäkään teitä keskeyttänyt.)) ja joissa kovimmin huutanut voittaa. Tämä vaikeneva kasvomuuri oli vähällä lannistaa professorin kokonaan. Lopulta Päivi päätti ottaa härkää sarvista, vaikkei aihe häntä erikoisemmin kiinnostanut. Hän ryhtyi keskustelemaan. Päivi pohti Emma-raukan kohtaloa kuin tämä olisi ollut vaikeuksiin joutunut naapurin rouva. Olipa Emmalla hankala elämä! Oliko hän erehtynyt aviomiehen valinnassa? Vai oliko onnettomuuksien syynä hänen auttamattoman huikenteleva luonteensa? Lopullista vastausta ei löydetty ja Flaubertin sanataiteeseen ei puututtu. Mutta olipa syntynyt keskustelua. Professori rentoutui hiukan.

Tunnin jälkeen opiskelijat tunkivat professorin kanssa yhdessä hissiin. Vallitsi tavanomainen hissitunnelma: useiden toisilleen tuntemattomien ihmisten on pakko muutaman minuutin ajan seistä ahtaassa kopissa melkein toisiaan koskettaen, vetäen vatsaansa sisäänpäin, kyyristäen olkapäitään säilyttääkseen minimimäärän elintilaa ja yrittäen samalla hengittää normaalisti, olla aivastamatta tai niistämättä nenäänsä, ja toivoen ettei vatsa keksisi kurista siinä hiiskumattomassa hiljaisuudessa, kun kyydissä olevat tuijottavat keskittyneellä mielenkiinnolla hissin seinää. Hississä ei koskaan, ei missään tapauksessa, eikä missään maailman kolkassa, harrasteta keskustelua.

Nyt kuitenkin tämän kirjoittamattoman lain rikkoi yllättäen eräs opiskelija, nuori sanomalehtimiehen alku, joka oli visusti varonut avaamasta suutaan keskustelutunnilla. Nyt hän sukelsi suin päin pää edellä syviin vesiin ja kysyi aivan selvällä ranskan kielellä professorilta, eikö tunneilla voitaisi joskus kuunnella "chançons françaises". Professorin kasvoille levisi vaisu hymy ja hänen hartiansa lysähtivät vielä pari senttiä alemmaksi.

Kirjallisuutta tutkimassa Päivi oli mukana seminaarissa, jossa muut opiskelijat olivat jo pitemmällä opinnoissaan. Professori oli hyväluontoinen ja päästi Päivin mukaan kai hänen suuren innostuksensa hellyttämänä ja todettuaan hänen kieliopin tuntemuksensa tyydyttäväksi. Nytpä Päivi sai vihdoin tilaisuuden tehdä tutkielmia, joissa voi pohtia Tärkeitä Kysymyksiä. Häntä vaivasi edelleenkin erityisesti hyvän ja pahan ongelma, ja sitä oli vaikea ratkaista. Päivi luki velvollisuudentuntoisena Corneillea ja Racinea, mutta kieli kalskahteli liian komeasti, hän ei päässyt lähituntumaan. Lukukauden lopussa opiskelijat saivat itse valita teoksen, jota käsittelivät. Päivi pysytteli 1900-luvulla. Hän oli jotain löytänyt Anatole Francen romaanin La Révolte des Anges (Enkelien kapina), ja oli siitä otettu.

Kirjassa on kysymys Jumalan ja Saatanan välisestä taistelusta. Se, jolla kulloinkin on valta, tulee pahaksi ja julmaksi ja käyttää valtaansa väärin. Jumalakin, silloin kun Hän on vallassa. Sitten enkelit ryhtyivät harrastamaan puolueaktivismia. Eräs heistä on harvinaisen suuren kirjaston omistajan suojelusenkeli ja on ottanut pahaksi tavakseen lukea kirjoja. Sen seurauksena häneen on iskenyt epäuskon paholainen. Tästä tietenkin seuraa tavanmukaista epäjärjestystä ja sekasortoa, hän villitsee muutkin enkelit ja lopulta tapahtuu vallanvaihto. Saatana onnistuu syöksemään Jumalan valtaistuimeltaan ja istuu itse sille. Jumala on nyt ilman valtaa, muuttuu hyväksi ja sääliväiseksi ja seuraa onnettomana sieltä alhaalta, miten ihmisten elämässä kaikki menee päin mäntyä. Mutta nyt Hän on voimaton muuttamaan mitään eikä voi sekaantua asioihin.

Päivistä näytti, että siinä oli erinomaisen sattuva selitys maailmanmenoon ja hän kirjoitti siitä tutkielman, jossa ihmetteli, miten tällainen asiantila voi olla mahdollinen. Sellainen maailma pitäisi peruuttaa. Hän kiikutti toivorikkaana henkensä tuotteen professorille ja odotti lopullista vastausta siinä esittämiinsä kysymyksiin.

Professori Södergran puhui moitteetonta ranskaa. Hänen olemuksensa oli pitkä ja kapeahko ja niin läpikotaisin kuiva, että jos olisi sytyttänyt tulitikun, hän olisi palanut poroksi muutamassa minuutissa. Hän oli jo lähellä eläkeikää, opetettuaan vuosikausia sitä moitteetonta ranskaa enimmäkseen suomenruotsalaisten sivistysperheiden tyttärille, jotka vastaanottivat siloteltua ja hillittyä sivistystä opiskelemalla ranskaa ja estetiikkaa kuin rippikoulun päätteeksi Herran ehtoollista. Koruompelun oppiminen ei enää riittänyt.

Kielioppi- ja käännöskursseilla Päivi oli tullut toimeen tämän professorin kanssa oikein hyvin. Mutta nyt Päivin hapuileva kyseleminen hermostutti professoria. Hänestä oli kiusallista joutua tekemisiin tällaisen kiihkomieliseksi osoittautuvan tytön kanssa, joka itsepäisesti teki sopivaisuuden rajat ylittäviä kysymyksiä. Professori Södergran otti vaivautuneena rillit nenältään, pyyhki niitä vaikkeivät ne olleet ollenkaan likaiset, käänteli Päivin paperia käsissään ja olisi ollut jo mielellään eläkkeellä. Lopulta hän mitään sanomatta palautti paperin. Hän oli korjannut sinne pari pujahtanutta kielioppivirhettä, antoi erinomaisen arvosanan ja oli visusti puuttumatta sen sisältöön.

Päivin kysymykset jäivät taas kerran hoipertelemaan yksinään ja epävarmoina, vähitellen uupuneina, kuin vastaistutetut puut myrskytuulessa, turhaan odottaen vastausten tukipuita. Joten Anatole Francen kirja jäi vaivaamaan.

Eräs psykologiaa opiskeleva ystävätär vei Päivin mukanaan kuuntelemaan filosofian historian luentoja. Siellä vilisi nimiä ja vuosilukuja: Platon, Aristoteles, Spinoza, Leibniz... Päivi sai lievän päänsäryn. Nimiä tuli tiuhaan ja oli mahdotonta yrittää pysähtyä ja ymmärtää jotain. Ongelmia ei sielläkään pohdittu ja Päivi jätti pian kokonaan ne luennot.

Yliopistossa opiskeleminen oli pettymys. Päivi ei enää jaksanut uskoa, että siellä missään tapahtuisi ihan oikeaa aprikointia. Toisaalta hänelle ei tullut mieleen, että suurin osa opiskelijoista punnersi opintojen läpi saadakseen oppiarvon, joka sitten johtaisi työpaikan saamiseen ja elannon ansaitsemiseen. Tällaiset motiivit olisivat hänestä tuntuneet masentavan materialistisilta. Hän kävi kuitenkin lukuvuoden loppuun innottomasti. Enkelien kapina vaivasi edelleenkin.

Kun hän nyt kerran oli tekaissut kirjailijaystävästään isähahmon ja valitti tälle vaivoistaan, hänellä olikin nyt esitettävänä jotain täsmällisempää kuin se tavanomainen epämääräinen ruikutus kaiken nurinkurisuudesta. Ensin hän kertoi kirjoittaneensa tutkielman Anatole Francen kirjasta ja olevansa siitä poissa tolaltaan. Kirjailija löysi kirjan suomennoksen kotiseutunsa kirjastosta: vanhan, kellastuneen painoksen, jota kukaan ei ollut koskaan lukenut. Hän leikkasi sivut auki ja luki. Hänestä se oli hyvin kolkko kirja. Tämä ei yhtään helpottanut Päivin oloa, joka räpisteli kuin ahven verkossa ja jatkoi marisemistaan. Lopulta Kirjailija pyysi häntä kääntämään tutkielmansa ja lähettämään sen hänelle. Päivi käänsi kuuliaisesti henkensä tuotteen ja lähetti tuloksen, odottaen nyt lopultakin täyttä selvitystä. Kirjailija vastasi, että enemmän kuin kirja itse, häntä hälytti Päivin reaktio siihen.

Kirjailija tuli Helsinkiin ja esitti kantansa: "Niinhän asiat ovat, suurin piirtein. Mutta eikö yhtä ja toista pitäisi olla kuin kirjassa? Ei aina pitäisi välittää niin paljon kaikenlaisesta turhasta sisäisestä etiketistä. Pitäisi heittää suitset hevosen jalkoihin silloin kun se laukkaa. Kinataan siitä jos haluat." Päivi oli ymmällään. Hänen sisällään ei ollut minkäänlaista laukkaamaan pyrkivää hevosta, pikemminkin pieni sisilisko, joka kieppuili sinne tänne, livahteli milloin mihinkin koloon umpimähkään.

Sitten Kirjailija lähetti Päiville lentolipun ja kutsui hänet maalle. Tyttö pakkasi kuuliaisena yöpaitansa ja hammasharjansa ja lähti viikonlopuksi Kirjailijan luokse maalle, missä hän oleskeli vanhempiensa luona työskennellessään. Vanhemmat ottivat Päivin vastaan eleettömästi, itsestään selvästi ja hyväksyvästi. Mitään kysymättä, mitään ihmettelemättä. Päivi istui pöytään ja söi sitä ruokaa, mitä sinä päivänä oli tehty ja tunsi olevansa kotona. Siellä oli sellainen tunnelma, että kaikki oli niin kuin olla piti. Päivin koti oli ollut ulkonaisesti huomattavasti komeampi, mutta mikään muu kuin huonekalut ei ollut oikein paikallaan.

Sitten hän lähti hiihtämään. Latu luikerteli metsässä, käväisi järven jäällä, teki mutkan niityllä ja palasi navetan takaa taloon. Kaikki oli lumen ja puolihämärän peitossa. Päivi rauhoittui hiukan.

Mutta illalla he olivat kahden Kirjailijan huoneessa, istuivat vastakkain, ja Päivi heilutteli rytmikkäästi ja hermostuneesti oikeaa säärtään vasemman polven päällä. Kirjailija huomautti, kuin jotain sanoakseen, että liike oli viehättävä. Päivi oli itse tietoinen vain sisäisestä kireydestä, joka pani säären poukkoilemaan kuin itsestään.

Nyt oli sellainen hetki, jolloin Päivin olisi pitänyt "mennä vastaan". Ruveta puhumaan ja tehdä kysymyksiä ihan vapaasti. Mutta kello oli jo paljon, Päivi yksinkertaisesti väsynyt, puitteetkin olivat väärät. Hän ei yksinkertaisesti löytänyt langanpäätä, josta vetämällä se sotkuinen vyyhti, jolta maailma hänestä näytti, olisi kuin itsestään solunut siistiksi, kiinteäksi keräksi ja puolessa tunnissa tulisi selväksi sellainen lainalaisuus, joka auttaisi Päiviä kipuamaan päivänvaloon siitä luolasta, jossa hän taisteli varjoja vastaan.

Päivi oli taas saanut aikaan mahdottoman tilanteen. Lopulta Kirjailija liikahti hiukan ja nosti kättään kuin lähestyäkseen ja koskettaakseen Päiviä. Joka silmänräpäyksessä vaistomaisesti peräytyi, aivan yhtä kevyesti. Että heidän ilmavaan ja aineettomaan suhteeseensa tulisi jotain aistillista, oli Päiville yhtä mahdotonta kuin kristallin muuttaminen muovattavaksi saveksi. Nämä liikkeet olivat kuin haavanlehden värähdys tuulettomalla säällä. Huolimaton tarkkailija ei olisi edes huomannut, että mitään tapahtui. Mutta heidän suhteensa oli sillä tavalla viritetty, että viesti meni perille nopeasti ja vähin elein. Molemmille oli selvää että hetki oli ratkaiseva. Oli tapahtunut käänne yhtä huomaamattomasti kuin vaikeasti sairaan potilaan tilassa kun kuume äkkiä laskee ja paraneminen alkaa.

He menivät molemmat helpottuneina nukkumaan ja aamulla Päivi lähti aikaisin Helsinkiin. Sen jälkeen he päättivät olla kavereita.

Sitähän Päivi halusikin. Hän olisi mielellään ollut jopa osa sitä perhettä. Mutta hän oli kerta kaikkiaan sivullinen. Aina, joka paikassa. Eikä hän ollut edelleenkään vakuutettu siitä, että maailma olisi ollut ihan hyvä sellaisenaan.

Ennen joulua Kirjailija käväisi ja toi Päiville joululahjaksi Eeva-Liisa Mannerin Orfiset laulut. Hän arveli, että se siinä muodossa sopisi hänen yöpöydälleen. Päivi oli sanonut pitävänsä runosta "Uni kauneimmasta unesta".

"Epäröin vähän", sanoi Kirjailija. Mutta kertoi sitten

muistaneensa, että Päivi tunsi Calatauydin kaupungin
ennestään ja uskoi, että hän osaisi jättää alakuloisuu-
den syrjään ja nauttia kauneudesta. Totta, Päivi tunsi
Calatauydin kaupungin. Muttei se auttanut yhtään; hän
oli edelleenkin sitä mieltä että siellä oli kurjaa.
Runot olivat kauniita, olivathan ne. Mutta kauneus
lunasti runoilijan, ei lukijaa. Sellainen lunastaminen
edellyttää passiivisuutta, sanoi vaisto. Niin että Jeesus
riippuu ristillä meidän puolestamme. Siinä sitä taas ol-
tiin! Päivillä oli tarve roikkua ristillä itse, kokea naulat,
uupumus, koko tuska. Muttei hän osannut edes runoilla.
Mannerin apokalyptinen visio:

Hyvästi hyvät ihmiset.
Sääli ei ole myötätuntoa.
Myötätunto ei ole rakkautta.
Rakkaus ei ole luopumista.
Rukoilkaamme.

Niinhän se oli, mutta tarkoittiko runoilija, että rukoile-
malla sai ihmiset rakastavaisiksi? Ei Päivi osannut lukea
runoutta runoutena. Hän haki joka paikasta vastauksia.
Ja enkelit sitten:

Ja palvelijaenkelit
kahisevat läpi huoneiden
vaihtavat silmiä
muuttuvat joka hetki
kielet soinnahtaen valtavasti.
He ottavat sulat lunta ja Aurinkoa,
joka on tuleva tuomitsemaan kaiken;

tulesta, joka on ääretön Järki
(Valmistakaa itsenne hirvittävään valkeuteen).

Manner puhuu Väsyneestä lännestä. Onko Suomi länsimaa? Muttei länsimaita, kaikista yhdenmukaistamisyrityksistä huolimatta, voi samaistaa. Eurooppa? Päivi oli ymmällään.

Miten erisävyisiä ovat Rilken enkelit:

Sie haben alle müde Münde
und helle Seelen ohne Saum,
und eine Sehnsucht, wie nach Sünde,
geht ihnen manchmal durch den Traum.

Mahdotonta kääntää millekään kielelle tuhoamatta sitä, mikä on runoa, pehmeästi soluvaa. Rilken epätoivo Manneriin verrattuna? Salakähmäistä ironiaa, kepeää, monitasoista oivallusta, kauneuden lunastamaa. Inhimillisiä enkeleitä. Eurooppalaista runoutta? Ironia ja inhimillisyys. Puuttuuko aitosuomalaisilta enkeleiltä se vivahteikkuus, joka panee ilmaa Rilken enkelien siipien alle?

Kypsää? Dekadenttia? Missä vaiheessa länsimaat nyt sitten lienevätkin. Päivi rämpi ja kompuroi kaiken tämän keskellä eikä saanut aikaan järjestystä.

Tämän vierailun jälkeen Kirjailija lopulta totesi, että hänen mielestään Päivin olisi hyvä mennä naimisiin.

Siis hänkin...

Päivi oli neuvoton—vika oli ilmeisesti hänessä itsessään. Siitä ei päässyt yli eikä ympäri. Elämä oli pysähtynyt, taas umpikujaan.

Juuri näihin aikoihin Päivi ja pikkusisko menivät katsomaan äitiä sairaalaan, jonne hänet taas kerran oli viety. Nyt oli kysymys kaikelle kansalle avoimesta isosta laitoksesta, yksityisklinikkaan ei näköjään ollut varaa. Eräs Päivin autonomistajaystävä kuljetti heidät sinne, parin tunnin matkan päähän Helsingistä. Sisko ja Päivi pitivät koko matkan rohkeutta yllä laulamalla täyttä kurkkua. "Jo Karjalan kunnailla lehtii puu, jo Karjalan koivikot tuulettuu", "Oi maamme Suomi synnyinmaa", "Wie einst Lili Marleen, wie einst Lili Marleen", "Soihdut sammuu, kaikki väki nukkuun, tip tap, tip tap", "I could have danced all night", "Jo joutui armas aika, ja suvi suloinen"...

Kaoottinen potpuri. Piti välttämättä olla äänessä. Kun yksi laulu saatiin käytyä lävitse, jompikumpi aloitti heti uuden, johon toinen yhtyi. Näin päästiin perille luhistumatta.

Laitos oli hyvin suuri. Tytöt vaelsivat monen potilaita täynnä olevan salin läpi. Potilaat olivat kaikki pukeutuneet samanlaiseen harmaaseen säkkimäiseen asuun, mutta käyttäytyivät meluisasti kukin omia yksilöllisiä aivoituksiaan ilmaisten. Viimeisessä salissa istui äiti rauhallisena, sellaiseen harmaaseen säkkiin pukeutuneena hänkin, mutta täysin erillisenä ja arvokkaana, kiinnittämättä mitään huomiota häntä ympäröivään meteliin.

Hän reagoi lämpimästi hymyillen tytöt huomattuaan ja sanoi: "Voi miten ihanaa, että pääsitte tulemaan. Kun teitä on koko ajan painanut se, että pitäisi tulla, nyt pääsitte sitten siitäkin." He halasivat äitiä ja viipyivät hänen vieressään jonkun aikaa. Muuta ei voinut tehdä.

Sitten oli lähdettävä. Taas piti kahlata läpi meluisten

salien ennen kuin pääsi autoon. Paluumatkalla tytöt eivät laulaneet.

Mitään ei voinut tehdä.

Kun Päivi näytti taas seuranhaluiselta, se vieraskammarin asukki ikävystyi ja tuli juttelemaan. Se ei ollenkaan auttanut, sillä oli nyt kerta kaikkiaan pahansuopa ja rajoittunut luonne. Se vain höpötti aina sitä samaa kaiken katoavaisuudesta, vaikka sitä miten yritti mairitella ja syöttää ja saada pulskistumaan. Päivi oli taas useimmiten kiinnostunut varpaistaan.

Sitten huonekaveri omaksui uuden, tehokkaan tekniikan. Se innostui yhä enemmän, kun Päivi oli niin nöyrä ja altis kuuntelemaan, sai itsevarmuutta kuin presidenttikandidaatti, jonka äänimäärä nousee mielipidetutkimuksissa ennen vaaleja—alkoi lupailla holtittomasti kaikenlaista hyvää niin kuin ne tekevät: untuvapatjaa, ruiskukkaniittyjä, koivun tuoksua kesäsateen jälkeen, leivosen liverrystä, liplattelevia laineita, Kuutamosonaattia... Ja ennen kaikkea rauhaa ilman mitään ristiriitoja. Se jutteli hyvin kaunopuheisesti ja vakuuttavasti. "Mitä sinä nyt turhaan väsytät ja reuhdot?" Ja sitten: "Olet kai nyt ehtinyt todeta millaista se kaikki on: ihan turhaa ja tarkoituksetonta. Tule mukaan, lähdetään, sitten saat olla ihan rauhassa."

Päivi kuunteli sävyisästi ja heillä oli jopa viihtyisiä hetkiä yhdessä. Näitten keskustelujen jälkeen tyttö oli aina rauhallisempi. Olihan hänellä sittenkin uskollinen ystävä, johon voi luottaa tarpeen tullen. Se ainoa joka ymmärsi, miksi hänellä oli hankalaa.

Päivin lähimmäiset olivat ymmällä hänen päänriiputuksistaan, taas kerran. Mutta kuitenkin vakuuttuneita siitä, että potra ja tuhti aviomies parantaisi Päivin haihatteluista ja toivoivat, että sellainen pian putkahtaisi esiin jostain niin kuin niillä on tapana tehdä.

Tuli se kevät, jolloin Kirsi kirjoitti ylioppilaaksi. Satoi räntää, suuria, märkiä hiutaleita, jotka maahan päästyään heti sulivat. Toukokuussa se oli vähän liikaa. Kevätaurinko kieltäytyi kannustamasta Kirsin ponnistuksia. Kirsi oli pinnistänyt ja ponnistanut, halusi ymmärtää ja muistaa kaiken tiedon, varsinkin ymmärtää. Päivi ihaili ja ihmetteli. Hänelle vastaava kevät oli ollut tavallaan helppo—hän luki sen verran kuin viitsi. Kun hänellä oli se Mummun huomaama hyvä "muisto", kaikki luettu painui mieleen sellaisenaan, sulattamattomana, ja hän sylki sen sitten paperille kokeissa. Se oli muodollisuus.

Kirsi oli toista maata, otti jo kahdeksantoistavuotiaana kaiken vakavasti. Aineessa hän oli valinnut aiheen "Erilaisia ihmisiä, erilaisia elämäntyylejä", paremman puutteessa. Ja oli kirjoittanut Nalle Puhista. Se oli kirsimäistä. Sitten hän riiteli suomenopettajan kanssa puoli tuntia puhelimessa. Opettaja piti aineesta, muttei oikein olisi uskaltanut lähettää sitä edelleen laudaturina. Kirsi puhahti, että opettaja oli vähän tyhmä; Päivi kuunteli ällistyneenä ja ihaili Kirsin itsevarmuutta.

Se aine pysyi laudaturina. Kirsi oli tyytyväinen.

Äiti oli sairaalassa, isä lähetti hiukan rahaa Kirsille, muttei muuten ottanut osaa koko asiaan. Ruusuja oli vain muutamia, minkäänlaisia lakkiaisia ei ollut.

Kirjoitusten jälkeen Kirsi ilmoitti hakevansa posti-
merkinnuolijan paikan kesäksi. Hän oli väsynyt, mutta
rahan tarve oli suuri. Syksyllä hän menisi lukemaan
psykologiaa yliopistoon. Kirsi ironisoi kaiken. Ystävät
ehdottivat hänelle Ateneumia, mutta Kirsi nauroi ja
sanoi, että syynä siihen oli hänen pukeutumistapansa.
Päivi pukeutui miten sattui ja erehtyi usein ostoksis-
saan ja katui sitten.

Kirsi kävi kirjoituskursseilla iltaisin ja sanoi olevan-
sa nuori, lupaava konekirjoittajatar. Päivällä hän oli
Stockmannilla myyjättärenä. Hänellä oli ruma, ruskea
työtakki, jossa luki KESÄAPULAINEN. Hän myi mat-
kamuistoja turisteille ja sanoi, ettei se ole hassumpaa.
Hänellä oli täystyöllisyys.

Mummu kuoli sinä kesänä, poistui tästä maailmasta
meluttomasti ja suosiolla. Ja hänen vankkumaton us-
konsa oli vienyt hänet suoraan taivaaseen. Mummun
puolesta ei tarvinnut olla huolestunut. Jälkeen jääneillä
oli hankalampaa.

Harmaana kesäkuun aamupäivänä Kirsi ja Päivi istui-
vat junassa matkalla hautajaisiin. Kirsiä alkoi ahdistaa.
Se ei ollut sitä tavanomaista itseensä sulkeutunutta ko-
lisevaa oloa, johon Päivi ei sekaantunut. Tytöt istuivat
tosiaan vastapäätä, ikkunan vieressä. Kirsin viereen oli
tullut rauhallinen, keski-ikäinen mies, mietteisiinsä vai-
punut. Kirsi alkoi vääntelehtiä tuskissaan ja katsoi Päi-
viä anovasti silmiin, takertui niihin. Katse oli hätähuu-
to: AUTA! Hän sai kuiskattua Päiville, että mies yritti
tehdä hänelle jotain pahaa. Mies katsoi rauhallisena
maisemaa, ja jos hän jotain huomasi, teki parhaansa ol-

lakseen sen näköinen, ettei huomannut. Päivi piti kiinteästi Kirsin käsiä omissaan, tuijotti tätä silmiin kuin käärmeenkesyttäjä ja toisti yhä uudelleen: "Ei se ole totta, ei se ole totta." Loppumatka tehtiin sillä tavalla: he könöttivät vastakkain tuijottaen toisiaan hellittämättä silmiin ja pitäen toisiaan kädestä.

Hautajaisissa Kirsi oli rauhallinen, mutta riiputti päätään. Mummu laskettiin maahan kotipitäjän hautausmaan riippakoivun alle. Veli, lapset ja lapsenlapset seurasivat seremoniaa, papin puhetta, hätkähtäen sitä ensimmäistä, vaikeinta lapiollista multaa, joka putosi arkun päälle. Apua tarvitsevat olivat elävien joukossa. Päivi tuki suruharson alla itkevää äitiä, Kirsi jäi yksin pelkonsa kanssa.

Matkan jälkeen Päivi vei Kirsin summanmutikassa jonkun lääkärin luo. Kirsi yritti selittää tuskaansa — se oli mennyt ohi. Lääkäri arveli sen johtuneen ylirasituksesta, määräsi lepoa — työympäristö oli liian meluisa ja rauhaton.

Kirsi rauhoittui ja junamatka unohtui vähitellen.

Uni.

Meitä oli siellä täällä epätasaisessa maastossa. Itse seisoin vähän ylemmällä rinteellä, loivasti luottavalla. Sisareni vaelteli alempana, tasaisella maalla, keskellä epämääräisesti eri suuntiin meneviä hahmoja. Kutsuin häntä: "Tule tänne, mitäs sinä siellä?" Välissä oli pieni vesipuro. "Kahlaa sen yli", sanoin. Hän alkoi kahlata, kahlasi edelleen, vesi olikin syvempää, ulottui jo kainaloihin, sitten yli pään. Hämmästyneenä sukelsin äkkiä sinne vetääkseni hänet kuiville. Sukelsin hyvin syvälle, turhaan. — Siihen heräsin säpsähtäen.

XV

Sitten Päivi riehaantui yhtäkkiä kokonaan. Jotain piti tehdä. Ongelmat saivat jäädä roikkumaan ilmaan, arvoituksellisina kuin esineet Magritten tauluissa. Päivi päätti saada aikaan suursiivouksen ulkonaisessa elämässään, tuulettaa kunnolla, ottaa ilmaa keuhkoihin syvien vesien luotaamisen sijasta. Hän lähetti anomuksen lentoemäntäkursseille. Ammatilla oli niihin aikoihin kohtuullisen käyttökelpoinen maine: monet olivat kutsutut mutta harvat valitut. Päivi lähetti ansioluettelonsa ja valokuvia ja hänet kutsuttiin puhuteltavaksi.

Odotussalissa oli kaikenkarvaisia kandidaatteja: pieniä ja suuria, pyöreitä ja kaitoja, vaaleita ja tummia, uskaliaan taisteluvalmiita ja pelokkaina kyyhöttäviä. Ehdokkaat keskittyivät jännittyneinä ja hiljaisina kukin nurkassaan edessä olevaan kilvoitukseen.

Päivi oli epätavallisen avoimella ja tomeralla tuulella sinä päivänä. Hällä väliä, yritetään nyt tätäkin. Onneksi hän ei tuntenut tarvetta nojata mihinkään, joten hän istui selkä suorana pienellä pallilla, joka oli siihen asetettu kai siksi, että voitiin kokeilla pysyivätkö kandidaatit pystyssä. Pystyssä pysyminen kun on lentokoneessa työskentelemisessä välttämätöntä. Tuoli oli keskellä suurta, tyhjää huonetta ja sitä vastapäätä loputtoman pitkä pöytä, jonka takana istui tusinan verran lentoyhtiön merkkihenkilöitä. Nämä kyselivät Päiviltä kaikenlaista joutavaa viidellä eri kielellä. Hän vastaili: "Yes, London is a very large city", "Ja, Ich bin auch schon in Deutschland gewesen", "Jo, jag städade och beddade", "Oui, le français est une très belle langue". Päivi oli lähettänyt paremman puutteessa sopimattoman kokovartalokuvan. Hän oli siinä uimapuvussa, seisoi ilman minkäänlaista poseerausta, vaikka uimapukukuva oli nimenomaan kielletty. Finnairin johtaja kysyi lopulta suomeksi, miksi hän sellaisen oli lähettänyt. Päivi vastasi totuudenmukaisesti ja tapansa mukaan naiivisti, ettei hänellä ollut muuta ja kysyi eikö se ollut asianmukainen.

Sopimattomasta kuvasta huolimatta Päivi sai parin viikon kuluttua kirjeen, jossa ilmoitettiin, että hän oli harvojen ja valittujen joukossa. Heitä oli isoja ja pieniä, pyöreitä ja kaitoja, vaaleita ja tummia. Pelokkaina kyyhöttävät oli karsittu pois.

Seurasi kahden kuukauden treenaus. Opittiin lentokoneen moottorit, ensiavun antaminen, ja milloin oli laittauduttava esiliinaan, milloin lakki päähän ja hansikkaat käteen. Suhtautumisessa matkustajiin suositeltiin lämmintä ystävällisyyttä ja avuliaisuutta pienen hymynhäiveen kera. Suomalainen luonne kun on karu ja epäluuloinen ja ärsyyntyy liiasta hymyilemisestä. Päivi oli epäteknillinen eikä oppinut kunnolla lentokoneen moottoria, mutta oli kaikesta sydämestään avuliaisuuden ja hymynhäiveen kannalla. Hän oli itsekin karuluontoinen eikä koskaan oppinut hymyilemään käskystä. Jos hän yritti, tuloksena oli irvistys. Ja irvistelevä lentoemäntä olisi ollut sopimaton.

Elämä muuttui muutenkin aika lailla. Päivi muutti siskon kanssa esikaupungista Hämeentieltä keskikaupungille ja hankki puhelimen, joka oli välttämätön uudessa ammatissa. Työmiehenkadulta pääsi helposti kävellen mihin aikaan vuorokautta tahansa lentoasemalle. Hän jakoi suuremman huoneen siskon kanssa. Pienemmän huoneen vuokralaiseksi tuli Jacqueline, ranskalaisen koulun opettajatar, johon Päivi oli tutustunut Helsingin ranskalaisessa kerhossa. Sinne kokoontui kerran viikossa Ranskan lähetystön virkailijoita, ranskalaisen koulun opettajia ja suomalaisia Ranskan kirjallisuuden opiskelijoita. Vaikka hän olikin luopunut aktiivisesta Totuuden etsimisestä ranskan kielellä, Päivi edelleenkin tuppautui kaikkialle, missä oli ranskalaisia ja puhuttiin hänen lempikieltään.

Nyt hänellä oli oma kotiranskalainen, jonka kanssa sai jutella joka päivä. Jacqueline oli pikkuruinen, pyöreä, tumma ja vikkelä kuin orava, ja vaikutti vanhemmalta kuin ne 24 vuotta, jotka hän oli ehtinyt elää. Päivin ja Jacquelinen ystävyys perustui molemminpuoliselle tarpeelle: Jacqueline tarvitsi asuntoa keskustasta kohtuullisella hinnalla, Päivillä taas oli tarve puhua ranskaa. He olivat eri paria kuin kiireessä vahingossa jalkaan sohaistut kengät: toinen kiiltonahkainen korkokenkä, toinen lenkkimaastoon soveltuva urheilutossu. Heidän seurustelunsa sujui näin eri tasolla kompuroiden ja miten kuten nilkuttaen, ja siitä syystä he harvoin lyöttäytyivätkin ulkoilemaan yhdessä. Jacqueline oli nuoresta iästään huolimatta hiukan hysteerinen. Päivi taas suomalaisen hidas ja seurasi ihmetellen Jacquelinen tempoilevaa tahtia, pysymättä ollenkaan perässä. Helsingin pimeä ja kylmä talvi sai Jacquelinenkin ärtyisäksi ja palelemista välttääkseen hän otti aina taksin kun oli jonnekin menossa. Päivistä se oli ylellisyyden huippu—hän ei ollut koskaan elämässään sortunut sellaiseen ylenpalttisuuteen ja kuvitteli sen olevan astronomisen kallista. Jacqueline vaikutti kokeneelta ja tietävältä, muttei Päivi koskaan ymmärtänyt, mistä hän oli kiinnostunut. Hän puhui pitkään puhelimessa ystävättäriensä kanssa ja nauroi usein kovasti. Puhe oli niin nopeaa ja katkonaista, ettei Päivi ymmärtänyt siitä paljoa, paitsi että usein riemun aiheena oli jotain kaksimielistä. Ja Päivi luuli edelleenkin, että tyttö joka söi mainoksessa banaania, viestitti banaanien herkullisuutta. Hän ei yleensäkään ymmärtänyt Jacquelinea ollenkaan. Sen verran hän kuitenkin ymmärsi, että olisi ollut turhaa yrittää keskustella Jacquelinen kanssa Anatole Francen pessimistisestä maailmankuvasta.

Sen talven kuluessa Päivin elämässä oli niin paljon meteliä ja melskettä, että vierashuoneen asukki päätti ottaa pitkät talviunet, pani ovensa sisältäpäin lukkoon ja meni sänkyyn umpisukkeloon. Päivillä ei nyt ollut aikaa heidän hiljaisille keskusteluhetkilleen.

Kirjailijalle hän oli kirjeitse selittänyt ammatinvaihtonsa. Tämä oli hiukan hämmästynyt ja epäilevällä kannalla. Hän ei oikein pitänyt tilanteesta ja ilmeisesti epäili, ettei Päivikään kauaa pitäisi. Hän kysyi, oliko Päivin ollut allekirjoitettava sopimus pitkäksikin aikaa. Heidän seurustelunsa oli muuttunut kokonaan kirjeenvaihdoksi. Kävi jotenkin niin, että kun Kirjailija oli kaupungissa, Päivi sattui aina silloin olemaan muilla mailla. Vähitellen Kirjailija kuitenkin yritti ymmärtää. Kun Päivi nyt oli "etsijä", ehkä hänen tarvettaan sitten tyydytti tämäkin vaeltaminen.

Kun Jacqueline täytti 25 vuotta, tytöt järjestivät syntymäpäiväkutsut. Paikalla oli Jacquelinen opettajatovereita, Ranskan lähetystön virkailijoita, tanssimusiikki ulvoi ja viiniä juotiin. Tanssimaan ei mahtunut. Pieni kaksio oli kuin liian täyteen ahdettu matkalaukku, juuri ja juuri sai oven kiinni. Päivi suhtautui nyt tähänkin tilanteeseen hilpeänä. Hän selitti iloisena Jacquelinen ystävättärelle: "Je vais voler demain." "Qu'est-ce que tu vas voler?" pilaili ystävätär. (voler = lentää, varastaa.)

Seuraavana aamuna viereisen huoneiston asukkaat valittivat pitkälle yöhön jatkuneesta metelistä. He olivat sairaanhoitajia, nousivat aikaisin ja tarvitsivat kipeästi kunnon yöunen. Päivi juoksi torille, osti kukkakimpun ja komensi Jacquelinea viemään sen naapureille anteeksipyynnön kera. "Selitä sinä heille omalla suomenkielelläsi että sinulla oli syntymäpäivä ja pyydä anteeksi." Kyllähän siitä sopu syntyy, arveli Päivi.

Jacqueline meni vastahakoisesti soittamaan naapurin ovikelloa kukkakimppu kädessä ja yritti änkyttää suomea: "Mine... syntymäpäävä... nama teelle." Naapurit olivat ymmällään, mutta hoksasivat lopulta, että Jacqueline halusi myydä kukat heille. Se oli heistä kummallista, mutta kuka niistä ulkomaanelävistä tietää mihin ne ryhtyvät. Alkoivat jo hakea rahaa kukkarosta, ja Päivin oli lopulta mentävä avuksi selittämään asia. Kansainvälisyys ei ollut vielä päässyt turmelemaan viatonta Suomen kansaa. Ulkomaalaiset olivat Suomessa harvinaisuuksia ja heitä kohdeltiin ihmetellen ja varovasti kuin strutsinmunaa.

Jacqueline ryhtyi vaikeuksista huolimatta kanssakäymiseen suomalaisen nuoren miehen kanssa ja alkoi pian suunnitella avioliittoa. Sulhanen oli usein vierailemassa Jacquelinen huoneessa, josta kuuluvuus Päivin puolelle oli hyvä. Nuoripari kommunikoi alkeellisella englanninkielellä, sillä Jacqueline ei osannut suomea eikä sulhanen ranskaa. Sulhasella oli helposti suutahtava luonne ja Päivi kuuli ensimmäisen kerran elämässään vihaista huutoa. Vaikka hänen vanhempiensa avioliitto oli vaikea, kotona vallitsi aina hiljaisuus. Nyt kuului viereisestä huoneesta suoraa huutoa. Jacqueline yritti selittää vaisusti että "French people are like that". "I don't know any French people, I only know normal people", kiljui sulhanen.

Lähtiessään poika selitti hämillään Päiville, että huutaminen oli heillä perheessä perinnöllistä—hänen äitinsä sanoi aina isälle ettei sietänyt huutamista. Sai vaikka mieluummin tehdä murhan, kunhan teki sen äänettömästi. Jacqueline taas selitti Päiville periaatettaan neitsyyden tärkeydestä. Se oli säilytettävä visusti avioliittoon asti. Muuten sulhanen ottaisi jalat alleen eikä menisikään vihille. Päivi masentui tällaisesta mielipiteestä, varsinkin kun Jacquelinen puhelinkeskustelut ystävättärien kanssa olivat niin seksiin suuntautuneita.

Päivi kuvitteli, että ihmiset menivät naimisiin sen takia, että rakastivat toisiaan kovin ja siinä tapauksessa kai seksikin jo kuului asiaan. Hän oli vähitellen päätynyt tällaiseen vakaumukseen. Seremonioita hän ei ymmärtänyt ja oli ennen muita avoliittojen kannalla.

Kaiken kaikkiaan uusi työ piristi Päiviä. Ei ollut vaikeaa kysellä matkustajilta, halusivatko nämä kahvia tai teetä. Se ei mitenkään edistänyt ajattelua, mutta Päivi oli väsynyt tuloksettomiin yrityksiinsä ja kaipasi nyt liikuntaa. Hänestä oli vapauttavaa lähteä töihin mitä kummallisimpina vuorokaudenaikoina ja oli ihmeellistä, että tästä hauskanpidosta maksettiin lisäksi niin suurta palkkaa, ettei hän ollut sellaisesta edes uneksinut. Päivi sortui jopa niin ennenkuulumattomaan ylellisyyteen, että osti itselleen mokkatakin. Lamaannuttava, rutiininomainen aamusta iltaan konttorissa istuminen oli lopussa.

Lentojen aikana hän teki parhaansa ollakseen avulias ja pörräsi kuin kärpänen uneliaiden matkustajien ympärillä, kysellen, tarvitsivatko nämä mitään. Tyynyä? Lasillista vettä? Kun hänet oli saatu hätistettyä pois, hän istui koneen takaistuimella lukien jotain ranskalaista, mutta oli joka hetki valmiina ponnahtamaan ylös.

Kerran viereisellä takaistuimella istui tarkkaavaisen tuntuinen nuori mies, joka katseli Päivin pompottelemista jonkin aikaa. Lopulta hän tarjosi neuvon: "Rentoutukaa". Päivi hätkähti, hämmästyi ja nolostui. Ja yritti hillitä palveluhaluaan. Mies tuli juttelemaan lentokentältä Helsinkiin menevässä bussissa ja osoittautui kongressiin meneväksi lääkäriksi. Hän oli tehnyt

Päivistä osuvan diagnoosin: tämä ei koskaan rentoutunut. Lääkäri kysyi sitten Päiviltä halusiko tämä tulla hänen kanssaan seuraavalla viikolla Helsingissä järjestettäviin lääkärien vuosijuhliin. Hän kai arveli, että se olisi voinut vaikuttaa rentouttavasti Päivin kireään työtahtiin. Päivillä ei ollut aikaa, hänen oli määräpäivänä oltava Hampurissa. Sitä paitsi miehellä oli vihkisormus. Tätä tapausta lukuun ottamatta lentokoneessa työskenteleminen ei johtanut minkäänlaiseen suhteiden solmimiseen. Päivin vuosikurssilla oli tyttö, jota kutsuttiin Marilyniksi hänen vaaleutensa, kurvikkuutensa ja hänestä uhoavan alttiuden takia. Marilyn muhinoi miesmatkustajien kanssa lennolla kuin lennolla. Päivillä oli kokemusta vain sellaisista, jotka onnistuivat lennon aikana juomaan itsensä niin kovaan humalaan, että heihin oli vaikea olla kompastumatta ja jotka samealla äänellä kyllä esittivät emännille kaikenlaisia mielenkiintoisia ehdotuksia. Kapteenien ja emäntien välillä vallitsi toverillinen suhde—yhtä kuuluisaa kapteenia lukuun ottamatta, joka oli ehdottanut lähempää tuttavuutta kaikille tytöille vuoron perään ja jota ei otettu vakavasti.

Vaasassa oli lentohenkilökunnalla hotellin sijasta yömajana lentokentän vieressä oleva omakotitalo. Päivi sattui sinne kerran yksin keskitalvella. Lumi narskui jaloissa, vallitsi autius ja hiiskumaton hiljaisuus. Avain sopi lukkoon, Päivi otti haltuunsa niukasti kalustetun mutta hyvin lämmitetyn talon ja tyytyväisenä omasta rauhasta asettui yöpuulle. Mutta ennen kuin hän ehti nukahtaa, tulvahti ovesta sisään massoittain ihmisiä: kahden muun koneen koko miehistö. Improvisoitiin patjoja lattialle ja asetuttiin sinne sikin sokin. Erästä lentoemäntää tilanne inspiroi niin että hän tanssi hilpeänä lyhyessä yöpaidassaan ympäri huonetta. Päivi veti visusti peittoa korvilleen ja tanssivan emännän hilpeys vain lisääntyi Päivin häveliäisyydestä. Ei kuitenkaan toimeenpantu orgioita. Kaikki nukahtivat pian, sillä aamulla oli pyrähdettävä lentoon aikaisin.

Lentoemännän ammatti merkitsee ihmisille yleensä univormussa tepastelemista, kaukaisiin maihin lentelyä ja kahvin tarjoilua hankalissa olosuhteissa. Päivi oli tapansa mukaan sisällyttänyt kaikenlaista asiatonta houretta uuteen ammattiinsa. Se oli hänelle painovoiman voittamista uudella tavalla, siitä huolimatta että hän nyt söi tunnollisesti kolme ateriaa päivässä. Hänen kaunosielunsa teki proosallisesta ja yksitoikkoisesta työstä ikuisuuteen liitelyä. Sen voiman ja keveyden tunne, jonka vallassa hän oli vellonut pari vuotta aikaisemmin aliravitsemuksen ansiosta, palautui nyt yläilmoissa. Hän oli kevyempi kuin ilma joka häntä kannatti. Elämä tulvahteli, hersyi yli arkipäivän rajojen, äärettömyyteen, ajattomuuteen.

Ja Dalin Pehmeiden kellojen vääristynyt aika muuttui nopeaksi ja täyteläiseksi—se kannatti siivillään ja sillä oli selkeät ääriviivat. Se oli sudenkorennon lennähdys kesäkuumassa ilmassa ja voikukan hahtuva, Debussyn kuunsäde ja Matissen siveltimen jälki. Onpas korkealentoista! Mutta kun korkealla lennettiinkin. Päivi pääsi yhteisymmärrykseen ajan kanssa. Aikako oli kevyt vai Päivi? Molemmat. Tapahtui yhteensulautuminen ja se ainainen rako oli poissa.

Joskus oli rauhallisia lentoja melkein ilman matkustajia ja Päivillä oli varaa heittäytyä yksinäiseen hurmiotilaan katsellen allaan karitsanvillaisten poutapilvien pahasta maailmasta eristävää rauhaisaa vaeltelua. Ylhäällä oli yhtenäisyys—elämän raadollisuus ja kurjuus jäi pilvien alle. Maailman voi jopa kääntää ylösalaisin. Koneen laskeutuessa puitten latvat näyttivät joskus juurilta, jotka saivat ravintoa taivaalta. Päivi oli löytänyt oikotien selkeyteen, ällistyttävän helpon. Muutaman kuukauden hän pysytteli illuusion seesteisessä ja hauraassa kuplassa. Hänen elämänsä oli nyt yhtä siivitettyä kuin keskinkertaisten lyyrikkojen runot. Oli hetkiä, jolloin hänen tilansa muistutti levitaatiota.

Levitaatio keskeytyi säännöllisesti siten, että oli ilmoitettava matkustajille että oltiin laskeutumassa Rovaniemelle tai Osloon, muistutettava turvavöistä ja hyvästeltävä hansikkaat kädessä, univormu napitettuna ja hymynhäiveen kera maan päälle palaavia kuolevaisia.

Tämä sekä yksinäinen että täynnä ihmisiä oleva elämä sopi Päivin vauhkolle luonteelle. Työtoverit vaihtuivat lakkaamatta, kukaan ei tullut liian lähelle, univormu oli panssari, jonka sisällä oli suojassa kaikelta liialliselta tuttavallisuudelta. Kun hän lähti neljältä aamulla Vantaalle, Mannerheimintie lukemattomine poikkikatuineen alkoi vasta ojennella ja venytellä pitkää, kiemuraista ja vielä alastonta selkäänsä kuin unenpöpperöinen tuhatjalkainen. Kerrostalot haukottelivat yömyssyt korville vedettyinä, kun Päivin askeleet kopsahtelivat hiljaisuudessa pimeillä, tyhjillä kaduilla.

Vielä silloin uutterat työmuurahaiset nukkuivat sikeästi, pakkautuivat vasta kahdeksalta täpötäysiin busseihin matkalla toimistoihin ja virastoihin, jo edeltä käsin kyllästyneinä ja ponnettomina, aloittamassa taas yhden kuivan rutiinin täyttämän työpäivän.

Silloin Päivi oli jo Rovaniemellä, suunnistamassa hotelliin neitseellisen puhtaan lumen peittämällä ja parin metrin korkuisten kinosten reunustamalla kadulla. Tai sitten Frankfurtissa katsellen näyteikkunoita ja arvellen, voisiko ehkä päivärahoilla ostaa uuden, saksalaisen mekon.

Mihinkään liialliseen ajatteluun ei ollut aikaa. Päivin lähimmäiset olivat helpottuneita ja tuumasivat, että tätä rataa hänestä voi sukeutua ihan normaali, käyttökelpoinen ihminen. Päivi olisi kyllä itsekin kovin halunnut löytää sellaisen tasapainotilan joka olisi tyydyttänyt kaikkia. Hän olisi mielellään ollut lopullisesti sovussa maailman kanssa ja jättänyt kaikki rimpuilut sikseen. Niin että hänkin olisi päässyt livahtamaan siihen valoon, joka Chiricon tauluissa kutsuvasti iskee silmää nurkan takaa, välähdyttäen säästeliäästi säteitään mustan muurin takana vaelteleville yksinäisille hahmoille.

XVI

Tuli kesä. Puissa nouseva mahla, valkoiset yöt ja leudot tuulet. Päivi meni valoisana lauantai-iltana Kauppakorkealle tanssimaan ja tapasi siellä Tedin. Tämä opiskeli Chicagon yliopiston business schoolissa ja oli kesälomallaan päättänyt katsastaa sen syrjäisen maailmankolkan, josta hänen isovanhempansa olivat aikoinaan lähteneet etsimään runsautta ja yltäkylläisyyttä Atlantin takaa. Pojalla oli vihreät silmät, ahkerasti urheilua harrastaneen rennot liikkeet ja helposti hersyvä nauru. Ted oli tyytyväinen Suomeen, jossa kaikki oli hänen mielestään liikuttavan pientä: kaupungit, valintamyymälät ja Päivi.

Tedin suojeluvaisto heräsi ja hän alkoi kohdella Päiviä kuin vasta munasta kuoriutunutta kananpoikaa, leikkisän hellästi ja varovasti. Hän saattoi Päivin kotiin ja he alkoivat tapailla. Päivi oli lentelemisestään huolimatta alkanut kaivata ihan yksinkertaisesti vahvaa, leveää ja turvallista olkapäätä, johon voisi nojata tarpeen tullen. Tedillä oli tyydyttävät olkapäät ja sitä paitsi hän järjesti kaikenlaista ohjelmaa tiuhaan tahtiin. Hän vuokrasi auton ja he kiertelivät Helsingin ympäristössä toteamassa arkkitehtuurin aikaansaannoksia.

Päivi alkoi rentoutua. Hän jopa ilmoittautui sairaaksi eräänä sunnuntaina, kun hänen oli määrä lentää Ouluun, vain juoksennellakseen jossakin Tedin kanssa, mikä oli jo aivan tavatonta. Oululla kun oli oma erikoinen viehätyksensä: lentoaseman virkailijalla oli oma, kahdenistuttava kone. Hän kutsui Päivin aina koelennolle ja temppuili ilmassa kaikin tavoin: syöksyi yhtäkkiä ylös tai alas, tempaisi koneen ylösalaisin, kääntyen aina välillä katsomaan mitä mieltä Päivi oli asiasta. Päivi ei pelännyt—mitä enemmän kieppuiltiin, sitä parempi.

Pikkusisko oli Saksassa, Jacqueline koulun loputtua lähtenyt kiireenvilkkaa Ranskaan ja Päivillä ylellisesti käytettävänään koko pieni kaksio. Nyt hän pystyi vaivatta maksamaan koko vuokran ihan omilla ansioillaan. Ted soitti joka päivä ja matki ilahtuneena Päivin numerotiedotusta: viis-nolla-nolla-kaks-neljä. Hänestä se oli hauskaa. Tedistä kaikki oli niin hauskaa, että helppouden tunne viimein tarttui Päiviinkin.

He kiertelivät Helsinkiä ristiin rastiin, kävivät uimassa Pihlajasaaressa, kävelemässä Hietaniemen hautausmaalla, joka huokui onnea sekin, juttelivat mitä sattui.

Sitten Päivistä tuntui, että alaovella hyvästeleminen oli keinotekoista ja tarpeetonta. Hän halusi pitkittää yhdessäoloa ja pyysi Tediä vierailemaan kaksioon. Nyt Ted osoitti ensimmäisen kerran epäröinnin merkkejä: "But you don't think that...?" "No, I don't", vastasi Päivi epäröimättä. Oli kuin olisi käyty perusteellinenkin asiainselvitys, ja he nousivat hissillä neljänteen kerrokseen ja sieltä suoraan pilvenlonkalle.

Äkkiä kaikki oli hyvin yksinkertaista: pintapuoliset suudelmat syvenivät ja pitenivät seksuaalisuudeksi yhtä itsestään selvästi kuin kapalolapsi löytää äitinsä rinnan. Ted oli huomaavainen ja hellävarainen, ja Päivin ympärilleen rakentama suojapanssari särkyi ja mureni pois vaivatta ja vähitellen kuin säröinen saviruukku. Kaikki sujui itsestään selvästi ja Päivi tajusi ensimmäisen kerran elämässään, miksi asiasta joko pidettiin kovaa melua tai sitten hyssyteltiin kokonaan piiloon ja miksi se jopa aiheutti pelkoa. Hän antoi virran viedä itseään syvyyksiin missä ei vallinnutkaan ahdistus, vaan rauha ja sopusointu. Päivi löysi kokonaan uuden elementin, oli kuin kala vedessä: oli vain soljumista ja liukenemista. Tämä oli jo enemmän kuin hauskaa.

Päivi rentoutui kokonaan ja otti tavakseen nojailla luottavaisena Tedin olkapäähän, ollenkaan miettimättä mitä sitten seurasi.

Mutta Tedin hyvin suunniteltu elämä suistui suorilta, tarkkaan viitoitetuilta raiteiltaan. Tarmokkaaseen amerikkalaiseen malliin hän oli määrätietoisesti rynnistänyt stipendien avulla parhaitten yliopistojen läpi ja oli nyt lähellä päämääräänsä. Mutta opintoja oli vielä edessä kokonainen vuosi ja sen jälkeen sotapalvelus. Avioituminen ei kuulunut ollenkaan suunnitelmiin.

Ja nyt kesäloma Suomessa ja Päivin holtiton nojaileminen panivat suunnitelmat sekaisin kuin kerman ja munat kakkua vatkatessa: Päiviä ei voinutkaan poistaa suunnitelmista, hänestä oli huomaamatta tullut osa niitä. Ted alkoi huolestua, mutta käytännön miehenä sai taas pian ohjat käsiinsä ja päätti, että kun Päivi nyt kerta

kaikkiaan oli siinä, yllättäen hänen elämänsä erotta-
mattomana osana, oli löydettävä keino, jonka avulla
hänet voisi siirtää Atlantin toiselle puolelle niin pian
kuin mahdollista. Amerikkalaiset eivät noin vain antaneet oleskeluvii-
sumia kenelle hyvänsä sitä pyytävälle. Sinne olisi aina
ollut menossa epämääräistä ja epäilyttävää väkeä: kai-
kenlaisia rikollisia ja kommunisteja, degeneroituja ja
mielisairaita. Piti olla tiukat valintaperusteet ja seuloa
pois epäterve aines, niin että luvattuun maahan pääsisi-
vät vain ehdottoman terveet, kirkasotsaiset ja normaalit
yksilöt ottamaan osaa sen rajojen sisäpuolella vallitse-
vaan vapauteen, onneen ja demokratiaan.

Ted keksi, että Päivin olisi pyydettävä opiskelijaviisu-
mia ja sitten hän menisi seuraavaksi kevätlukukaudeksi
opiskelemaan Chicagon yliopistoon, jossa Ted oli val-
mistautumassa MBA-tutkintoaan varten. Kun tämä
ratkaisu oli löydetty, Ted rauhoittui, muuttui lyyriseksi
ja kertoi Päiville, miten ihanalta seudulta hän oli ko-
toisin: Cape Cod, Bostonista suoraan itään Atlanttiin
noin sadan kilometrin verran ryntäävä niemeke. Se
oli päättänyt ruveta sillaksi Amerikan ja Euroopan vä-
lille, alkanut epäröidä lopulta, huomannut yrityksen-
sä mielettömyyden ja suuruudenhulluuttaan häveten
käpertynyt hiukan takaisin mannerta kohti Province-
townin kohdalla. Se oli kapea niemeke loputtomine
hiekkadyyneineen, joka puolelta meren syleilemä. Se
oli Tedin paratiisi ja hän halusi näyttää sen Päiville niin
pian kuin mahdollista. Siellä asuivat hänen erinomaiset
vanhempansa ja isovanhempansa, kaikki tyynni aito-
suomalaista alkuperää.

Sitten Tedin kesäloma loppui. Hän lähti, mutta seurasi vilkas kirjeenvaihto. Ted lähetti anomuskaavakkeita, jotka Päivi täytti tunnollisesti ja lähetti takaisin yliopiston sisäänpääsytoimistoon. Niissä hän selitti, että anoi oikeutta opiskella Ranskan kirjallisuuden osastolla, selitti parhaansa mukaan, mitä jo tiesi siitä kirjallisuudesta (ongelmaansa Enkelien kapinan suhteen hän ei maininnut, se ei tuntunut sopivalta anomuskaavakkeen henkeen), ja sitoutui maksamaan astronomisen kalliin lukukausimaksun. Chicagossa ei kukaan ihmetellyt, miksi Päivi halusi välttämättä mennä Suomesta opiskelemaan Ranskan kirjallisuutta nimenomaan Chicagoon. Amerikkalaiset kun ovat kaikenlaisen toiminnan ja aloitekyvyn kannalla ja rohkaisevat yritystä kuin yritystä, liikaa kyselemättä sen mielekkyyttä.

Päivi ryhtyi taas tarmokkaasti siihen puuhaan, josta hänellä oli jo kokemusta: säästämään rahaa. Nyt hänellä oli ihan oikea palkka, josta hän vei suurimman osan pankkiin ja matkakassa kasvoi nopeasti. Päivi piti siitä, että elämässä oli joku päämäärä. Nyt oli päämääränä säästää niin paljon rahaa, että se riittäisi lentolippuun New Yorkiin, kolmen kuukauden oleskeluun Chicagon yliopiston kampuksen ulkomaalaisille varatussa rakennuksessa (International House) ja sitten vielä lukukausimaksuun.

Hän oli seesteinen ja iloinen, naureskeli hiukan Tedin sentimentaalisille ja nallemaisen söpöille kirjeille, mutta jostain syystä hän oli vakuuttunut siitä, että elämä nyt oli menossa oikeaan suuntaan. Oli helpottavaa olla kaiken kansan hyväksymällä raiteilla, etenemässä tasaisesti määrättyjä asemia kohti, kaikki täsmällisesti oikeaan, sovittuun aikaan: avioliitto, turvallisuus, lapsia... Riding together into the sunset. Sen kauemmaksi Päivi ei pohtinut asiaa, hän piti edelleenkin työstään ja lenteli paikasta toiseen väsymättä ja hyväntuulisena. Frankfurtissa yöpyessään hän kuunteli hotellissa amerikkalaista radio-ohjelmaa. Voice of America. Kieli kaikui paljaana ja pontevana, lujana kuin Tedin olkapää. Se ei kuulostanut runolliselta, mutta siihen voi nojata, siihenkin.

Päivät lyhenivät taas, kilpaillen yhä kiivaammin toistensa kanssa siitä, mikä niistä pääsisi pikaisimmin iltaan. Harmaa oli vallitseva väri ja aurinko unohtunut jo kokonaan pilvipeiton taakse. Sinä syksynä tämä ei häirinnyt Päiviä mitenkään—hän oli kuin kiiltomato, joka eritti oman valonsa ja hoiti oman tehtävänsä sen tuikkeessa, tasaisen tyytyväisenä.

Ja ihmiset matkustivat edelleenkin lentokoneella paikasta toiseen, oli sää millainen hyvänsä. Talvella Päivillä oli lento Maarianhaminaan. Helsingistä lähdettäessä taivaanranta oli uhkaavan musta ja lupasi lunta. Paluumatkalla se sitten tuli: reuhuten, riehuen ja mellastaen, vihaisena kuin ärsyyntynyt härkä. Oli lumimyrsky. Kone kieppui sen keskellä pienenä ja hauraana, rätisi liitoksissaan. Vaakasuorasta ja pystysuorasta ei aina ollut tietoa—oltiin milloin ylöspäin, milloin alaspäin. Päivi tasapainoili käytävällä auttaen matkustajia kiinnittämään turvavöitä. Nämä olivat epätavallisen kiinnostuneita lentoemännästä. Hänen kasvoiltaan haettiin rauhoittavaa viestiä siitä, ettei kone hajoaisi kappaleiksi, ei putoaisi, että päästäisiin laskeutumaan turvallisesti. Pysyttäisiin hengissä. Päivi oli niihin aikoihin aina vakuuttunut siitä, että kaikki oli hyvin, silloinkin kun lumimyrsky pani koneen ylösalaisin. Joten hän jakeli summanmutikassa rauhoittavaa hymyä kaikille niille hätääntyneille kasvoille, jotka viestittivät pelkoaan hänen suuntaansa.

Ja kone pääsi tosiaan laskeutumaan, kolisten ja täristen, mutta kenenkään loukkaantumatta.

Pian tämän matkan jälkeen Päivillä oli kaikki tarvittavat viisumit ja paperit, ja lopulta lentolippukin. Hän lähetti pahvilaatikollisen kirjoja ja pikkuesineitä postitse, otti sen enempää harkitsematta vanhempien kirjahyllystä nahkakantisen *Kalevalan* ja vuoden 1927 korupainoksen *Seitsemää veljestä* — Suomen kulttuurin kulmakivet tueksi Villin Lännen seikkailua varten. Pahvilaatikko saapui aikanaan perille, kovin rähjääntyneenä, mutta jonkin ihmeen kautta kirjat olivat vahingoittumattomat. Vähät vaatteensa Päivi pakkasi matkalaukkuun.

Kirsi saattoi Päivin lentoasemalle. "Sisko kyllä jo varmasti pärjää", ajatteli Päivi, kun tämä jäi hyvin pienen tuntuisena yksin vilkuttamaan Finnairin bussin taakse.

Viime hetkellä Päivin rinnassa jotenkin revähti. Mutta hän työnsi syrjään kaikki epäilykset ja astui pelottomana ja toivorikkaana New Yorkin koneeseen. Ted olisi siellä vastassa, he jatkaisivat yhdessä Chicagoon ja sitten kesäkuussa Cape Codille, Tedin vanhempien luo heidän siunaustaan hakemaan ja vihille. Kaikki oli järjestyksessä.

Epilogi

Oli kuuma kesäkuinen iltapäivä West-Barnstablessa. Pieni kirkko tien toisella puolella paloaseman vieressä, appivanhempien taloa vastapäätä. Päivi ja Ted olivat käyneet kirkossa pari päivää aikaisemmin puhuteltavina, niin kuin nuoren, avioliittoon aikovan parin kuului tehdä. Suomalaissyntyinen pappi oli puhutellut heitä vakavana ja sydämellisenä, ja oli muistuttanut heitä aikomuksensa vakavuudesta ja peruuttamattomuudesta. "Avioliitto ei muuta sitä, että joku ulkopuolinen voi tuntua houkuttelevalta, aivan kuin ennenkin. Mutta nyt te tulette olemaan vihittyjä toisillenne. Kiusauksia pitää vastustaa", oli pappi sanonut.

Päivi oli kuunnellut kuuliaisena. Kaikki tapahtui jotenkin hänen ulkopuolellaan: valmiina oli anopin 13 dollarilla hänelle ostama valkoinen leninki ja pieni, valkoinen ja naurettava pillerihattu. "En minä tätä laita päähäni", Päivi oli sanonut. Anoppi oli järkkymätön: "Ei voi mennä vihille paljain päin." Päivi alistui.

Sitten tuli sunnuntai. He seisoivat papin edessä vakavina. Ted uhoi juhlallisuutta ja terveen, järkkymättömän vakaumuksen vallassa hän kuunteli papin puhetta. Vallitsi hiiskumaton hiljaisuus. Vain anoppi kuului niistävän nenäänsä. Oli tullut itku, niin kuin anopeille tässä tilanteessa kuuluikin tulla.

Päiville tapahtui jotain täysin sopimatonta, un fou rire, mieletön tarve nauraa, jota hän kaikin voimin yritti tukahduttaa. Tirskahdus pääsi irti. Ted katsahti häntä ihmetellen ja paheksuen. Hänen silmissään välähti epäilys: onko hänen morsiamensa aivan normaali? Sitten Päivi sai ilmeensä järjestykseen ja teki kaikkensa näyttääkseen onnelliselta ja rauhalliselta.

Seurasi vaatimaton ja lyhyt kahvituokio appivanhempien luona. Lähimmät omaiset kävivät onnittelemassa. Sitten jäätiin oman perheen kesken. Viskilaseja tyhjennettiin, otettiin kuvia appivanhempien ympäröimänä. Päivillä oli luonnottoman leveä hymy, suu korvissa. Hän onnistui etääntymään — oli henkilökohtaisesti jotenkin koko touhun ulkopuolella. Viski auttoi, hän tunsi olevansa pienessä hiprakassa eikä enää reagoinut mitenkään tilanteelle sopimattomasti. Hän poisti aivoistaan sinne pyrkivät sopimattomat kysymykset. Varsinkin sen päällimmäisen.

"Mitä minä täällä oikein teen? Ja miksi?"